국어 교과서 작품 읽기
중1 시

국어 교과서 작품 읽기: 중1 시

초판 1쇄 발행 • 2010년 4월 30일
개정판 1쇄 발행 • 2012년 11월 20일
개정2판 1쇄 발행 • 2017년 12월 27일
최신 개정판 1쇄 발행 • 2024년 12월 20일

엮은이 • 신미나 최지혜
펴낸이 • 염종선
책임편집 • 구본슬 김도연
조판 • 한향림
펴낸곳 • (주)창비
등록 • 1986년 8월 5일 제85호
주소 • 10881 경기도 파주시 회동길 184
전화 • 031-955-3333
팩스 • 영업 031-955-3399 편집 031-955-3400
홈페이지 • www.changbi.com
전자우편 • ya@changbi.com

ⓒ (주)창비 2024
ISBN 978-89-364-3143-3 44810
ISBN 978-89-364-3142-6 (전3권)

국어 교과서
작품 읽기

중1 시

신미나 · 최지혜 엮음

창비

'국어 교과서 작품 읽기'
최신 개정판을 펴내며

국어는 왜 어려울까요? 우리말과 글을 이미 능숙하게 쓰고 있는데도 국어 과목이 너무 어렵다며 푸념을 늘어놓는 아이들을 종종 만납니다. 국어를 배우는 시간을 자신과 세상을 이해하고 성장하는 과정으로 생각해 보면 어떨까요? 국어는 읽고 쓰는 기능뿐 아니라 우리말과 글의 아름다움을 느끼고 가치를 내면화하면서 세상과 소통하는 법을 배우는 과목입니다. 다양한 삶의 모습이 담긴 문학 작품은 인간과 세계를 깊게 이해하는 통로가 되어 주지요. 작품 속 이야기를 거쳐 다시 우리가 발딛고 있는 현실로 돌아와 앞으로 어떤 삶을 살아갈지 고민하게 된다면, 그것이 바로 성장의 과정이라 할 수 있습니다.

2025년 중학교 1학년부터 적용되는 '2022 개정 교육과정'은 미래 변화에 대응하는 역량을 강조합니다. 디지털 사회로의 전환, 기후 환경의 변화, 출생 인구의 감소 등 우리는 이미 전과 다른 세상을 살고 있습니다. 이런 변화에 발맞추어 새로운 국어 교육과정에서는 디지털·미디어 역량을 기르기 위한 '매체' 영역이 추가되었습니다. 디지털 기기를 활용하는 것에서 그치지 않고, 매체 자료를 비판적으로 이해하고 자신의 생각을 창의적으로 표현하는 것을 목표로 합니다. 이처럼 미래를 잘 맞이하려면 단순히 새로운 기술을 습득하는 것을 넘어, 변화된 환경 속에서 자신의 삶을 주도적으로 살아갈 수 있어야 합니다. 이를 위해서는 나를 둘러싸고 있는 세상을 읽어 낼 수 있는 힘을 갖추어야 하지요. 문해력을 기르는 이유도 단순히 성적을 몇 점 올리기 위해서가 아니라 삶을 가꾸기 위해서입니다.

'국어 교과서 작품 읽기' 최신 개정판에서는 새로 바뀐 중학교 1학년 국어 교과서 10종에 실린 문학 작품을 시, 소설, 수필·비문학 갈래별로 가려 모으고, 다양한 활동을 포함했습니다. 단어의 뜻을 정확히 파악했는지, 중심 내용을 제대로 이해했는지, 앞뒤 맥락을 바탕으로 작품의 의미를 파악했는지 알아보며 문해력을 키울 수 있는 활동입니다. 중학교라는 새로운 터전, 청소년이라는 낯선 시기에 적응하고 있을 학생들이 지레 겁먹지 않도록 중학교 1학년의 눈높이에 맞추어 수록작을 꼽고 도움 글을 실었습니다. 문해력을 단번에 기를 수 있거나 국어 실력이 순식간에 발돋움할 수 있는 마법의 약은 없습니다. 의무감으로 해치워야 할 숙제처럼 서두르지 말고, 즐거운 마음으로 작품을 감상하며 차근차근 기초를 쌓아 가면 좋겠습니다.

시와 만나는 경험은 한 뼘 더 성장하며 세상으로 나아갈 수 있도록 도와줄 거예요. 『국어 교과서 작품 읽기: 중1 시』는 성장의 의미를 담아 총 5부로 구성했습니다. 먼저 1부는 '처음 만나는 시'입니다. 간결하면서도 리듬감이 돋보이는 시를 모았으니 언어가 만들어 내는 음악과 율동을 느껴 보기 바랍니다. 2부 '달리는 시'에서는 깊이 있는 감상을 꾀합니다. 운율, 비유, 상징 등의 개념과 학습 요소를 익히면서 시 읽기에 친숙해질 수 있을 거예요. 이렇듯 좋은 시를 보면 친구에게도 소개하고 싶어지지요. "내 마음 이래! 네 마음은 어때?" 하며 대화도 나누고 싶어지고요. 3부 '너에게 시를 준다면'에서는 우리 마음을 알아주고 친구에게도 소개하고 싶은 시들이 기다립니다. 4부 '세상을 밝히는 시'에서는 시야를 넓혀서 우리 사회를 바라봅니다. 세상을 보는 눈을 기르고 삶의 태도를 생각해 볼 수 있는 작품들을 모았습니다.

교과서에 실린 시라고 해서 딱딱하게 접근할 일만은 아니랍니다. 각 부의 시작에서 신미나 시인의 '들어가는 시'와 그림을 찬찬히 감상하며 가볍게 발걸음을 떼어 볼까요? 각 시를 읽고 나면 따뜻한 도움 글과 재미있는 활동을 만나고, 부 마지막에서는 '문해력 키우기'를 경험할 수 있답니다. 시 읽기는 물론이고 말하기, 쓰기 활동까지 이어지는 흐름입니다.

요즘 우리 사회는 너무나 많은 정보가 쏟아지며 모든 것이 초고속으로 흘러갑니다. 이런 시대에 시를 읽는다는 건 '멈추어 보는' 연습이기도 해요. 시를 읽는 것은 시인의 생각을 깊이 있게 살피는 일이고, 타인의 말과 글에 숨은 맥락을 이해하고 공감하는 일과도 같습니다. 나아가 자기 생각을 정리하여 표현하는 데 어려움을 겪는 학생들에게도 좋은 길잡이가 되어 주지요. 길가의 강아지풀, 하늘을 흐르는 구름, 내 곁에 있는 친구를 천천히 돌아보고 곰곰이 들여다볼까요? 마치 시인처럼요. 시인의 눈으로 멈추어 보고, 읽고, 상상하고, 더러는 쓰다 보면 문학 감상 능력과 함께 따뜻한 마음도 자라날 거예요.

2024년 12월
신미나 최지혜

차례

1부 ◇ 처음 만나는 시

2부 🍎 달리는 시

3부 🌷 너에게 시를 준다면

4부　세상을 밝히는 시

1부

처음 만나는 시

들어가는 시

시툰 · 신미나

읽었는데, 읽지 않았습니다

아, 맞다.
해태야!
사흘 뒤에
문해력 시험인데
공부 좀 했니?

4일이나 남았는데
천천히 하지 뭐.

자서전만
읽음

끙…

사흘은
3일이거든요?

아하! 인정!
역시 김잔디
고(高)지식해.
지식이 높구나?

고지식은 그런 뜻이 아닐걸?
그런데 해태야,
너 요새 책 좀
읽지 않았어?

하ー암

몰라, 읽긴 읽었는데
글자만 읽었나 봐.
뜻을 모르겠어.

어떡하냐….

이런…

난 그냥
국포자가 될까 봐.
검은 것은
글자요
하얀 것은
종이니….

우훟-

포기하긴 일러!
우리에게
중요한 건
꺾이지 않는
마음 아니겠니?

오얏! 그 고사성어
나도 알아.
중꺾마!
중꺾마!
중요한 건 꺾이지
않는 마음! 맞지?

그… 그건
고사성어가
아니잖아….

그냥 포기하라고
할까….

에고, 너무 걱정 마.
국교작으로 같이
시작해 보자!
잘 가르쳐 줄게.

진짜? 진짜?
잔디 최고!

음... 그럼
지금 네 기분을
표현하는 글부터
시작해 볼까?

그래, 해 보지 뭐.
난 천상계 영물이니까
진지한 궁서체로
써 봐야지!

읽었는데 읽지 않았노라

해태

심심한 사과를 지루한 사과로
금일을 금요일로 알았다오

글자를 읽어도 뜻을 알지 못하니
검은 것은 글자요, 흰 것은 종이라

얄리얄리 얄라셩 얄리리얄라
도대체 이것이 무슨 소린고?

얄리얄리 얄라셩 얄리리얄라
답답한 내 심정, 누가 알리오?

반복을 넣어
리듬 좀 살렸지!
훗, 장원급제
감인가?

산 샘물

권
태
응

바위 틈새 속에서
쉬지 않고 송송송.

맑은 물이 고여선
넘쳐흘러 졸졸졸.

푸고 푸고 다 퍼도
끊임없이 송송송.

푸다 말고 놔두면
다시 고여 졸졸졸.

감상 길잡이

　산속에 고요한 샘물이 있어요. 맑은 물이 바위 틈새에서 쉬지 않고 솟아 나옵니다. 누군가 푸는 사람이 있어도 끊임없이 나오고, 푸다 말고 놔두어도 다시 고여 흘러요.

　흐르는 샘물을 가만히 떠올리니 내 마음도 이랬으면, 하는 소망이 싹틉니다. 곱고 깨끗한 마음이 이렇게 "송송송" 피어나고 "졸졸졸" 넘쳐흘렀으면 하고요. 누군가 다가오면 아낌없이 줄 수 있고, 언제나 다시 채워지는 마음이었으면 하고요.

나의 한 줄 평 ··

··

 활동

"송송송", "졸졸졸" 같은 음성 상징어를 활용하면 시에서 생동감이 느껴진답니다. 음악성도 살아나지요. 오늘 여러분이 만난 풍경을 음성 상징어를 활용하여 표현해 볼까요?

봄비

심후섭

해님만큼이나
큰 은혜로
내리는 교향악

이 세상
모든 것이 다
악기가 된다.

달빛 내리던 지붕은
두둑 두드둑
큰북이 되고

아기 손 씻던
세숫대야 바닥은

도당도당 도당당

＊**교향악** 관악기, 타악기, 현악기 등으로 함께 연주하는 음악을 통틀어 이르는 말.

1부 · 처음 만나는 시

작은북이 된다.

앞마을 냇가에선
퐁퐁 포옹 퐁
뒷마을 연못에선
풍풍 푸웅 풍

외양간 엄마 소도 함께
댕그랑 댕그랑

엄마 치마 주름처럼
산들 나부끼며
왈츠
봄의 왈츠
하루 종일 연주한다.

감상 길잡이

우리는 평소 고요한 시간을 갖기 힘들지요. 혼자 있는 순간마저도 전자기기와 가까이 있으니 음악이나 영상, 게임 소리가 그치지 않습니다.

어느 비 오는 날에는 가만히 빗소리에 귀 기울여 보면 어떨까요. 새로운 발견을 할지도 몰라요. 비는 내리면서 무언가를 두드리지요. 이 시에서 "지붕"은 "큰북"이 되고, "세숫대야"가 "작은북"이 됩니다. "엄마 소"가 달고 있는 방울도 비와 부딪혀 소리를 내요.

이 시의 배경은 세숫대야가 마당에 놓여 있고, 외양간에는 소가 있는 곳이에요. 시 속의 풍경을 가만히 떠올려 보세요. 배경 음악은 살랑살랑 잔잔한 "왈츠"인데요! 여러분이 있는 곳에 내리는 비는 어떤 음악이 될까요?

나의 한 줄 평 ··

··

💜 **활동**

자신이 들었던 빗소리를 음악으로 표현해 볼까요. 음악의 장르로 표현해도 좋고, 악기 소리 중 하나로 표현해도 좋아요.

봄비

봄나들이 나왔다
사랑꾼 걸음마
잎새에 앉아 풀 향기에 갸우뚱

하늘 눈치를 본다

봄비 · 서장원   27

「봄비」를 읽으니 비가 걸어 다니는 것 같아요. 이 시의 비는 다리로 걷고, 엉덩이를 대어 앉고, 고개를 갸우뚱하기도 해요. 시의 세계에서는 몸이 없는 것에도 몸을 줄 수 있답니다. 나무도, 구름도, 연필도, 가방도 몸을 가질 수 있어요. 중요한 건 그 몸으로 무엇을 하느냐겠지요.

봄비는 나들이하며 "사랑꾼 걸음마"를 걷습니다. "잎새에 앉아 풀 향기"도 맡아 보아요. 평온한 산책 풍경이 떠오르지요. 그런데 2연에서는 무슨 일인지 갑자기 "하늘 눈치를 본다"고 했어요. 이 부분은 어떻게 해석할 수 있을까요? 비가 하늘을 올려다보며 자신이 언제쯤 그칠지 궁금해하는 것일 수도 있고, 아이가 부모 눈치를 보듯 하늘을 살피는 것일 수도 있겠습니다. 여러분은 어떻게 읽었나요? 자유롭게 생각해 보세요.

나의 한 줄 평 ....

....

🫰 **활동**

「봄비」에는 "사랑꾼 걸음마"라는 표현이 나와요. 어떤 걸음이 사랑꾼이라는 표현에 걸맞을까요? 여러분의 생각을 알려 주세요.

후후후

성미정

아가야
내 이름은 민들레야
지난겨울 너의 모자 끝에
달려 있던 털방울 같지

작은 입술 뽀뽀하듯 내밀고
후후후 입김 부는 아가야

봄바람 같은 너의 숨결에
나는 세상에서 제일 작은
낙하산 되어 날아가지

멋지게 착륙하여 내년에 다시
널 만나러 올게

그때는 너의 숨결도 좀 더
힘차고 따뜻하게 자라 있을 테지

내년 봄에는 후후
두 번만 불어도
나는 날아갈 테지

올해는 후후후
내년엔 후후

감상 길잡이

가까이 가서 후 하고 불면 날아가는 작은 솜털, 여러분도 민들레 홀씨를 불어 본 적이 있나요? 민들레 홀씨의 꽃말은 이별이라고 해요. 부는 순간 뿔뿔이 흩어지니까요. 하지만 홀씨를 불 때면 쓸쓸함보다는 응원하는 마음이 되곤 합니다. '좋은 데 가서 잘 자라렴.' 하고 속으로 말을 걸어 보기도 하지요. 이 시에서는 홀씨가 오히려 사람을 응원합니다. 아기에게 다정한 말을 건네면서요. 아기의 입김에 "세상에서 제일 작은 /낙하산 되어 날아가지"라고 말하는 민들레 홀씨는 아기와 다시 만날 날을 기약해요. 그때는 "후후후" 세 번이 아니라 "후후" 두 번이면 될 거라고요. "힘차고 따뜻하게 자라 있"으라고요. 아이의 성장을 입김의 횟수로 개성 있게 표현한 점이 재미있습니다. 어느 곳에서나 꿋꿋하게 자라는 민들레의 응원이 아이에게 닿으리라 생각하니 흐뭇해집니다.

나의 한 줄 평 ··

··

활동

좋아하는 꽃의 꽃말을 찾아볼까요? 그 꽃이 나를 응원해 준다면 뭐라고 할 것 같나요?

나비잠

갓난아기
두 팔 올려 자는
나비잠

두 날개 활짝 펼친
나비 닮아
나비잠

이불 위에 종일
누워서도
꿈 밭에서는 폴랑폴랑
날아다니는
나비잠

애벌레가 나비 되듯
자고 나면
쑥쑥 크는
나비잠

갓난아기가 자는 모습을 "나비잠"이라고 표현한 이유는 두 팔을 올리고 자기 때문이에요. 그 모습이 마치 나비가 두 날개를 활짝 펼친 모양을 닮았거든요. 그런데 나비잠이라는 말의 뜻은 다르게 풀어 볼 수도 있답니다. 아기의 고운 모습 위에 나비가 잠깐 앉았다 갈 것만 같기도 하고, 아기의 보드랍고 순한 숨소리는 나비의 여린 날갯짓 같기도 하지요. "나비 닮아/나비잠"이라는 표현을 보면서 내 잠은 어떤 모양을 닮았을까 상상해 봅시다. 무엇을 닮은 어떤 잠일까요? 어떤 꿈을 꾸는 모양일까요.

나의 한 줄 평 ....

....

💜 **활동**

"나비잠" 말고도 잠과 관련된 우리말이 더 있답니다. 다음 단어의 뜻을 알아볼까요?

• 노루잠
• 새우잠
• 말뚝잠

콩, 너는 죽었다

김용택

콩 타작을 하였다
콩들이 마당으로 콩콩 뛰어나와
또르르 또르르 굴러간다
콩 잡아라 콩 잡아라
굴러가는 저 콩 잡아라
콩 잡으러 가는데
어, 어, 저 콩 좀 봐라
쥐구멍으로 쏙 들어가네

콩, 너는 죽었다

감상 길잡이

"콩 타작"이란 추수해서 마당에 널어놓은 콩을 두드려서 알맹이를 얻는 과정이랍니다. 이것으로 미루어 보아 시의 배경이 가을날의 어느 농촌 마을이라는 걸 추측할 수 있지요. 마른 콩을 막대기로 두드리면 껍질 속에서 작고 둥근 콩이 튀어나와 또르르 또르르 굴러가게 마련입니다. 이때 "콩 잡아라 콩 잡아라" 하며 누군가 콩을 쫓아요. 그런데 마음처럼 잘되지 않았나 봐요. "어, 어, 저 콩 좀 봐라" 하는 걸 보면요. 콩을 놓치고 바라보면서 말하고 있네요. 콩이 사라진 곳은 하필 "쥐구멍"이에요. 쥐가 오가는 곳 말이지요. 쥐구멍으로 들어간 콩의 운명은 어떻게 될까요? 이때 들려오는 말, "콩, 너는 죽었다". 꼼짝 못 하고 잡혀 버린 콩의 상황을 익살스럽게 표현했어요.

나의 한 줄 평 ‥‥‥‥‥‥‥‥‥‥‥‥‥‥‥‥‥‥‥‥‥‥‥‥‥

‥‥‥‥‥‥‥‥‥‥‥‥‥‥‥‥‥‥‥‥‥‥‥‥‥‥‥‥‥‥‥‥

👋 **활동**

시인이 "콩, 너는 죽었다"만 따로 떼어 하나의 연으로 구성한 이유에 대해 이야기해 봅시다.

석류 이야기

이
문
자

살랑살랑 봄바람
잎이 돋고 꽃이 피고

꽃 속에 숨죽인
아기 별님들

긴 여름 꿈꾸며
잘 자랐네

갈볕이
소곤소곤

갈바람이
똑똑

살며시 문 열고
수줍음쟁이

빼꼼 내다보네
부끄럼쟁이

감상 길잡이

   시에 낯선 단어가 나오면 사전을 찾아보곤 합니다. "갈볕"이라는 단어를 검색해 보니 국어사전에 없는 단어였어요. 다음 연의 "갈바람"이 가을바람의 줄임말이라는 걸 보고 "갈볕"은 가을볕의 줄임말이구나, 추측할 수 있었습니다. 시에서는 이렇게 맞춤법에 어긋난 표현을 일부러 사용하기도 해요. 이런 걸 '시적 허용'이라고 합니다. 봄에는 잎이 돋고 꽃이 피었다가 여름에는 꿈꾸며 자라나 가을에 영그는 석류. 석류꽃 안에 숨어 있던 "아기 별님들"이 가을의 속삭임과 노크에 살며시 문을 여네요. 석류가 익어 벌어지면 수줍은 듯이 붉고 생기 있는 수많은 알갱이들이 보이기 시작한답니다. 빼꼼 얼굴을 보이는 석류 열매를 만나면 반갑게 여겨 주세요.

나의 한 줄 평 ------------------------------------

💜 **활동**

'—쟁이'라는 접미사는 명사 뒤에 붙어 어떤 성질이나 모양을 많이 가진 사람이라는 뜻을 더하지요. 시인이 석류를 "수줍음쟁이", "부끄럼쟁이"라고 한 것처럼 과일을 하나 골라 별명을 만들어 볼까요?

반딧불

윤동주

가자, 가자, 가자,
숲으로 가자.
달 조각을 주우러
숲으로 가자.

그믐밤 반딧불은
부서진 달 조각

가자, 가자, 가자,
숲으로 가자.
달 조각을 주우러
숲으로 가자.

　　윤동주 시인은 일본에 나라를 빼앗긴 상황에서도 따뜻한 마음을 잃지 않았던 시인입니다. 「반딧불」은 윤동주의 동시로, "가자"라는 말이 반복되면서 함께 가자는 명랑하고도 긍정적인 부름으로 시작하지요. 어디로 가는가 하니, 바로 숲이에요. 독특하게도 숲에서 "달 조각"을 줍는다고 하네요. 그믐이라는 말은 '사그라들다'의 옛말인 '그믈다'에서 나왔대요. 그믐밤 달이 사그라드는 건 바로 스스로를 조각 내어 반딧불로 세상에 보냈기 때문이었군요. 그러니 숲에 가서 줍기로 한 것은 그저 반딧불이 아니라 귀한 달 조각이고요. 하늘에서 내려온 빛, 그걸 주우러 가는 거랍니다. 그믐밤의 어둠 속이기에 더욱 환하게 빛날 고귀함이랍니다.

나의 한 줄 평 ....

....

활동

'그믐달'은 어떤 모습의 달일까요? '그믈다'를 통해 유추해 보세요.

살 만한 것

최
대
호

"요즘 살 만한 거 뭐 있어?"

"살 만한 거? 인생."

감상 길잡이

'살 만하다'라는 말에는 두 가지 의미가 있습니다. 어떠한 말이 두 가지 이상의 뜻으로 해석될 수 있는 현상을 '중의성'이라고 한답니다. 시인은 이 시에서 중의성을 살려 '물건 살 만한 게 있냐?'라는 질문에 '우리 인생이 살아 볼 만하다.'라는 위로를 건넵니다. 무겁지 않은, 유쾌한 응원이지요. 시가 일상적인 대화로 이루어진 점도 흥미롭습니다. 최대호 시인은 SNS를 통해 알려졌습니다. 짧은 시를 올려 특유의 재치와 솔직 담백함으로 구독자들의 공감을 얻었지요. 매일 SNS에 쓰는 글도 작품이 될 수 있어요. 무심코 주고받은 대화, 눈앞에 펼쳐진 풍경, 지나가던 생각 모두 시의 씨앗이 될 수 있습니다.

나의 한 줄 평 ....

....

활동

최근 주변 사람과 주고받은 대화 중 하나를 떠올려 시로 써 볼까요?

유성

밤하늘은

별들의 운동장

오늘따라 별들 부산하게 바자닌다.

운동회를 벌였나

아득히 들리는 함성,

먼 곳에서 아슴푸레 빈 우레 소리 들리더니

빗나간 야구공 하나

쨍그랑

유리창을 깨고

또르르 지구로 떨어져 구른다.

✱ **바자니다** '바장이다'의 옛말. 부질없이 짧은 거리를 오락가락 거닐다.
✱ **아슴푸레** 빛이 약하거나 멀어서 조금 어둑하고 희미한 모양.
✱ **우레** 벼락이나 번개가 칠 때에 대기가 요란하게 울림. 또는 그런 소리.

　밤하늘의 모습을 떠올리며 시를 읽어 보세요. 고요한 밤하늘이 아니라 별들로 북적이는 하늘을요. 학교도 체육대회 날만큼은 무척 흥겹고 소란스럽지요? 별들의 운동회도 북적북적해요. 이 시에서는 '바자니다'라는 옛말을 써서 왔다갔다하며 바삐 움직인다는 의미를 전달했네요. 아득히 먼 곳에서 함성 소리와 빈 우레 소리도 들려옵니다. 소리까지 더해지니 더욱 생생한 느낌이에요. 그런데 운동회 중이던 수많은 별들 중 하나가 "빗나간 야구공"처럼 지구로 떨어져 구른대요. 이 별의 정체가 바로 별똥별, 즉 시의 제목인 '유성'이지요.

　'밤하늘에서 유성이 떨어졌다.'라고 하지 않고 '별들의 운동장에서 야구공 하나 떨어져 구른다.'라고 한 점이 재미있습니다. 이처럼 시에서는 대상을 직접 드러내지 않고 다른 대상에 빗대어 표현할 때가 있어요. 밤하늘을 "별들의 운동장"으로, 유성을 "빗나간 야구공"으로 나타내는 이런 표현을 '비유'라고 하지요.

나의 한 줄 평 ....

....

　　　활동

유성이 떨어질 때 소원을 빌면 이루어진다는 말이 있어요. 살다 보면 언젠가 또르르 지구로 떨어지는 별을 목격할지도 모르는 일. 그 순간을 위해 소원 하나 떠올려 볼까요?

시어와 친해지기

 1부에서는 음성 상징어의 사용으로 음악성이 두드러지는 작품이 두루 눈에 띄네요. 음성 상징어는 모양을 표현한 의태어, 소리를 표현한 의성어를 함께 이르는 말입니다. 이러한 단어를 시에 쓰면 보다 구체적이고 감각적인 표현이 가능하지요. 시를 다시 읽으면서 음성 상징어가 어떻게 쓰였는지 살펴볼까요. 시어의 생생한 감각을 함께 느껴 보면서요.

★ 활동 1

심후섭 시 「봄비」를 다시 읽어 보고, 시에 등장하는 의성어가 어떻게 쓰였는지 알아봅시다.

1. 다음 의성어의 의미를 사전에서 찾아보세요.

풍풍:

댕그랑:

2. '댕그랑 댕그랑'을 '땡그랑 땡그랑'으로 바꾸면 어떤 느낌이 드는지 이야기해 보세요.

3. '퐁퐁'은 의성어로도 의태어로도 쓰입니다. '퐁퐁'을 활용해 짧은 글짓기를 해 보세요.

★ 활동 2

「후후후」를 다시 읽어 보세요. 이번에도 음성 상징어를 위주로 살펴볼까요?

1. 시 전체의 내용을 바탕으로 '후후후'와 '후후'의 차이를 설명해 보세요.

....

....

....

....

....

....

2. 글자 수에 따른 의미 변화를 활용해 음성 상징어를 활용한 짧은 글짓기를
   해 보세요.

   예: 호, 호호, 호호호 / 콩, 콩콩, 콩콩콩 등

....

....

....

....

....

2부

달리는 시

들어가는 시

너는 나의 표현법

난 네가 좋아
민트초코아이스크림처럼 좋아
빙빙 돌려 말하지 않고
직진하는 직유법

난 네가 사랑스러워
어머나! 아아, 아유, 와우!
어쩌나? 너만 보면
자꾸 감탄사가 나오니!

넌 나의 마시멜로
말랑하고 달콤한 은유야
너의 오동통한 뱃살을 만지며
하루 종일 놀고 싶어

너랑 함께 있으면
바람이 휘파람을 불고 나뭇잎도 춤을 춰
세상이 소곤소곤 말을 걸어 와

좋아한다는 건 너를 상상하는 것
너라는 한 편의 시를 써 보는 것

맨드라미

김선우

쭈글쭈글 닭 벼슬 같아
거인의 혓바닥 같아
외갓집 마당에 내 키랑 비슷한 맨드라미
넌 왜 이렇게 생겼니
꽃 같지 않게

그때 맨드라미가 말했어
넌 왜 그렇게 생겼니
라고 나는 말하지 않아
너는 그냥 너지

맨드라미에게 사과했어
누가 나에게
너는 왜 그렇게 생겼니
라고 물으면 얼마나 속상할까
나는 나일 뿐인데

키가 비슷한 맨드라미

빰에 빰을 대 보았어
나답고 맨드라미답게
체온이 서로 달랐어

감상 길잡이

"무슨 꽃이 이렇게 쭈글쭈글 주름이 많아? 마치 닭의 볏 같고, 거인의 혓바닥처럼 생겼잖아?" 아차차! 이렇게 말하고 나니, 슬며시 미안해집니다. 맨드라미가 "나는 나일 뿐인데"라고 말했기 때문이지요. 입장 바꿔서 누군가 "넌 왜 그렇게 키가 작니?", "넌 왜 이렇게 눈이 작아?"라고 물어본다면 기분이 어떨까요? 내 모습을 있는 그대로 인정하지 않는 것 같아서 속상할 거예요. 우리의 눈, 코, 입 모양과 피부색이 모두 다르듯이, 꽃도 저마다 개성적인 아름다움이 있는데 말이죠. 우리도 당당히 말해 볼까요? "다른 건 틀린 게 아니야. 나는 나답게 살아갈래!" 서로 다른 모습을 존중하는 마음가짐이야말로, 시를 폭넓게 읽기 위한 첫걸음이랍니다.

나의 한 줄 평 ⋯⋯⋯⋯⋯⋯⋯⋯⋯⋯⋯⋯⋯⋯⋯⋯

⋯⋯⋯⋯⋯⋯⋯⋯⋯⋯⋯⋯⋯⋯⋯⋯⋯⋯⋯⋯⋯⋯

🖤 활동

비슷한 성질을 가진 두 사물을 '같이', '처럼', '듯이' 등을 사용하여 비유하는 것을 직유법이라고 해요. 시 「맨드라미」의 "쭈글쭈글 닭 벼슬 같아"도 직유법을 활용한 문장이지요. 직유법을 써서 한 문장을 완성해 볼까요?

새싹

겨울을 견딘 씨앗이
한 줌 햇볕을 빌려서 눈을 떴다
아주 작고 시시한 시작

병아리가 밟고 지나도 뭉개질 것 같은
입김에도 화상을 입을 것 같은
도대체 훗날을 기다려
꽃이나 열매를 볼 것 같지 않은

이름이 뭔지도 모르겠고
어떤 꽃이 필지 짐작도 가지 않는
아주 약하고 부드러운 시작.

감상 길잡이

씨앗은 작고 시시해요. 하지만 그 안에 색색의 물감이 숨어 있나 봅니다. 조용히 "겨울을 견딘" 후에 연둣빛 싹도 틔우고 알록달록한 꽃도 피우니까요. 씨앗은 병아리가 밟아도 금방 뭉개질 것처럼 연약해 보이죠. 하지만 그 속에는 천하장사가 숨어 있나 봅니다. 왜냐하면 단단한 바위를 뚫고 뿌리를 내리고, 열매를 맺으니까요. 씨앗은 미지근한 입김에도 화상을 입을 것처럼 연약해요. 하지만 태풍과 불볕더위를 견디고 기어이 꽃을 피워 냅니다. 그러니 누가 씨앗이 약하다고 할 수 있겠어요? 이제 중학생이 된 여러분이 한 알의 씨앗이라면, 앞으로 어떤 열매를 맺게 될까요?

나의 한 줄 평 ....

....

❤️ **활동**

우리들의 시작은 새싹처럼 약하고 시시해 보일지 몰라요. 하지만 그 안에 활짝 펼쳐질 가능성을 품고 있어요. 미래의 모습은 어떨지 짧은 글을 써 봅시다.

엄마야 누나야

김
소
월

엄마야 누나야 강변 살자,
뜰에는 반짝이는 금모래빛,
뒷문 밖에는 갈잎의 노래
엄마야 누나야 강변 살자.

　시와 노래는 단짝 친구와 같아요. 시가 노래가 되기도 하고, 노래가 시가 되기도 한답니다. 「엄마야 누나야」를 먼저 노래로 배워 볼까요? 한 마디씩 끊어서 노래해 봐요. 시도 노래와 같아서 문장 구조가 반복되면 리듬이 생기는데, 이를 '운율'이라고 한답니다.

　게다가 이 시는 시작과 끝이 같아요. 처음과 끝이 같거나 비슷한 구조를 '수미상관'이라고 해요. 여러분, 소리 내어 시를 노래로 부르니 어때요? 뜰에는 금모래가 반짝이고, 뒷문에 낙엽이 바람에 스치는 소리가 난다니, 어쩐지 쓸쓸한 기분도 들어요. 이 시의 화자는 평화로운 강변에서 엄마와 누나와 함께 살고 싶지만, 그러지 못하는 상황인가 봅니다.

　그렇다면 이 시를 조국을 빼앗긴 소년의 마음으로 읽으면 어떨까요? "강변"이 나라의 독립과 자유를 염원하는 상징으로 읽히기도 해요. 이처럼 시는 여러 갈래로 해석할 수 있어요. 이렇듯 화자의 상황을 고려해서 읽으면 작품의 해석도 풍부해진답니다.

나의 한 줄 평 ....

....

💜 **활동**

시인들은 시를 다듬을 때 리듬감을 살리려고 소리 내어 작품을 읽기도 해요. 노래가 된 시를 찾아 모둠별로 함께 불러 봅시다.

삼촌

김
영
롱

삼촌이 돌아가실 적에
나는 엉엉 울었다.
누가 죽었는지도 모르고 어른들이
울길래 따라 울었다.

그러나 숟갈을 놓을 적에
일곱 개를 놓다가 여섯 개를 놓으니
가슴속에서
눈물이 왈칵 나왔다.

삼촌이 돌아가셨을 때 시의 화자인 '나'는 엉엉 울어요. 어른들이 우니까 같이 따라 울었어요. 삼촌이 돌아가셨다는 사실이 실감나지 않아서 그럴 수도 있고요. 나중에 숟가락을 놓다가, 비로소 삼촌의 빈자리를 생생하게 느끼지요. "아! 이제 두 번 다시 삼촌을 못 보는구나." 그제야 가슴속에서 뜨거운 눈물이 왈칵 나옵니다. 초등학교 6학년 학생이 쓴 이 시는 처음엔 담담하게 읽히다가, 마지막 연에서 삼촌을 향한 그리움과 슬픔이 왈칵 쏟아집니다.

시를 읽으며 느끼는 생각, 느낌, 감정 등을 한마디로 '정서'라고 해요. 자신이 직접 겪은 일은 세상에서 유일한 글감이 되지요. 나만의 고유한 경험이 드러난 글이 진실하고도 생생하게 읽히는 이유가 여기 있어요. 이렇게 쓰인 시에는 정말 신비로운 힘이 있어요. 읽는 사람의 감정을 건드리거든요. 직접 경험하지 않아도 내가 겪은 일처럼 공감하도록 만드는 마법을 부린답니다.

나의 한 줄 평 ....

....

💜 **활동**

「삼촌」에서 '숟가락'은 단순한 물건이 아니지요. 삼촌에 대한 그리움과 슬픔을 담은 물건, 즉 정서를 드러내는 물건이 됩니다. 나에게도 특별한 정서를 담은 물건이 있나요?

사랑에 답함

나
태
주

예쁘지 않은 것을 예쁘게
보아 주는 것이 사랑이다

좋지 않은 것을 좋게
생각해 주는 것이 사랑이다

싫은 것도 잘 참아 주면서
처음만 그런 것이 아니라

나중까지 아주 나중까지
그렇게 하는 것이 사랑이다.

사랑에 답함 · 나태주

59

감상 길잡이

사랑이 뭘까요? 복숭아처럼 향긋한 냄새를 맡을 수 있나요? 보드라운 고양이를 쓰다듬듯이 만질 수 있나요? 일정한 형태가 없어서 눈에 보이지 않거나, 만질 수 없는 것을 '추상'이라고 불러요. 사랑도 추상적인 관념이지요. 이 시의 화자는 사랑이란 예쁘지 않은 것, 좋지 않은 것, 싫은 것도 잘 참아 주는 것이라 합니다. 사랑은 눈에 보이지 않지만, 행동을 통해 드러나기도 해요. 어떤 경우가 있는지 같이 상상해 볼까요?

반려견을 산책시켜야 할 때, 귀찮아서 쉬고 싶지만 움직여야 할 때가 있지요. 정말 좋아하는 친구도 가끔 상처가 되는 말을 해서 미워지기도 하고요. 이처럼 사람의 감정은 다양해요. 마치 페이스트리 빵처럼 여러 겹으로 이루어져 있어요. 사랑이란 이 모든 것을 싫어하는 마음에게 내어 주지 않고 "아주 나중까지" 지켜 주는 마음이래요.

나의 한 줄 평 ....

....

💜 **활동**

감정의 종류에는 어떤 것들이 있을까요? 감정을 표현하는 단어를 골라 짧은 글쓰기를 해 봅시다.

하늘의 별 따기

나
희
덕

— 엄마, 저 별 좀 따 주세요.

저기, 저 별 말이지?
초승달 가장 가까이서 반짝이는 별.

물론 따 줄 수는 있어.
나무 열매를 따듯
또옥, 별을 따 줄 수는 있어.

그런데 말야.
하늘에 저렇게 별이 많은 건
사람들이 참았기 때문이야.
따고 싶어도 모두들 꾹 참았기 때문이야.

— 그래도 하나만 따 주세요.

지금부터 눈을 꼬옥 감고 열을 세렴.
엄만 다 방법이 있거든.

― 하나, 두울, 셋, 넷, 다섯, 여섯, 일곱, 여덟, 아홉, 열!

이제 눈을 떠 봐.
자아, 별!

― 에이, 이건 돌이잖아요.

거봐, 별은 땅에 내려오는 순간
이렇게 시들어 버리지.

별을 손에 쥐고 싶어도
사람들이 참고 또 참는 것은 그래서란다.

감상 길잡이

　시인은 시 속에 마치 숨바꼭질하듯이 비밀을 숨겨 놓는답니다. 이 시에서도 시인은 직접적으로 "별"의 의미를 드러내지 않지요. 별을 통해 표현하고 싶은 추상적인 관념이나, 생각을 표현했어요. 이를 '상징'이라고 해요. 별은 너무 멀리 있어서 우리들의 손에 닿지 않지만, 하늘에서 빛나지요. 하지만 "땅에 내려오는 순간" 어떻게 될까요? 맞아요, 땅에 내려오는 순간 "돌"이 되어 버린답니다. 그렇다면 '하늘의 별'은 무엇을 의미하고 '땅에 내려온 돌'은 무엇을 의미할까요?

　별은 우리가 소중하게 지켜야 할 마음이나 가치 아닐까요? 욕심을 내는 순간 별은 그저 흔한 돌이 된다고 말하는 것 같아요. 이처럼 상징을 쓰면 작품의 주제를 효과적으로 드러낼 수 있답니다.

나의 한 줄 평 ....

....

　　활동

「하늘의 별 따기」의 "별"이 상징하는 것이 무엇인지 친구들과 생각을 나누고, 서로 어떻게 다른지 알아볼까요?

나무

윤동주

나무가 춤을 추면
　　바람이 불고,
나무가 잠잠하면
　　바람도 자오.

쏴아, 쏴아아, 나뭇잎이 파도타기하는 바람 부는 숲을 상상해 보세요. 나뭇가지도 이리저리 춤추듯이 흔들려요. 바람이 잦아들면 나무도 잠잠해집니다. 이렇게 표현하니 나무가 마치 살아 있는 생물처럼 느껴지지 않나요? 이 시를 자연을 노래한 순수한 동시로 읽을 수도 있겠지요. 하지만 윤동주 시인이 살았던 시대적 배경을 살펴보면, "나무"를 또 다른 의미로 읽을 수 있어요.

일제 강점기라는 상황에서 쓴 시이니, 나무는 바람이라는 모진 시련을 겪은 우리 민족을 표현한 것처럼 읽히기도 하지요. 제아무리 세찬 바람이 불어도 흔들림 없이 우리 민족의 주체성을 단단히 지켜야 한다는 의미를 품은 시처럼 읽히기도 하고요. 시인이 처한 시대적 상황에 따라 시도 다양한 맥락으로 해석될 수 있어요.

나의 한 줄 평 ....

....

♡ 활동

시인이 살았던 시대적 배경이나 일생을 알고 나서 시를 읽으면 더욱 풍부하게 해석할 수 있어요. 윤동주 시인의 약력을 조사하여 간략하게 정리해 봅시다.

나무·윤동주

착한 사람

네 잘못이야

다들 괜찮다는데 왜 너만 예민하게 굴어?

가서 미안하다고 사과해

엄살 좀 부리지 마

그거 가지고 상처받았다고 유난 떨지 마

웃어

착한 사람이 되려고 했더니

나에게 가장 못된 사람이 되어 있었다

감상 길잡이

　"너 참 착해." "너는 유별나." "예민하게 좀 굴지 마." 이런 말을 들어 본 적 있나요? 친구들이 싫어할까 봐, 부모님의 기대에 어긋날까 봐 솔직한 심정을 표현하지 못했나요? 그렇다고 내 기분대로 다 표현하고 살 수는 없겠지요. 누구나 마음속에 있는 말을 마음 껏 하고 살지 못하니까요. 그러니 마음의 균형을 지혜롭게 잘 맞춰야 해요.

　인간관계는 커다란 퍼즐 같아요. 어떤 조각은 딱 들어맞기도 하고, 어떤 조각은 아무리 끼워 맞추려 해도 맞지 않아요. 그런데 다른 사람의 기대에 어긋나지 않으려고, 자신에게 가장 못되게 굴 때가 있어요. 내 마음의 소리에 귀 기울여 봐요. 나에게 제일 먼저 친절해야 하는 사람은 바로 나 자신이랍니다.

나의 한 줄 평 ··

···

💜 **활동**

"다들 괜찮다는데 왜 너만 예민하게 굴어?"와 같은 말로 상처를 입었던 적이 있나요? 그럴 때 어떻게 치유했는지, 짧은 글을 써 봅시다. 그 경험을 통해 깨닫게 된 사실은 무엇인가요?

상처의 교훈

이
해
인

마주하긴 겁이 나서
늦게야 대면하는
내 몸의 상처

상처는 소리 없이 아물어
마침내 고운 꽃으로 앉아 있네
아프고 괴로울 때
피 흘리며 신음했던 나의 상처는
내 마음을 넓히고
지혜를 가르쳤네

형체를 알 수 없는
마음의 상처를
다스리지 못해 힘들었던 날들도
이제는 내가
고운 꽃으로 피워 낼 수 있으리

상처 없이 성장하는 존재는 없답니다. 복숭아도 벌레가 먹고, 거센 비바람에 대추가 익기도 전에 떨어집니다. 연꽃은 더러운 진흙탕에서 자라나 꽃을 피우지요. 사람은 병이 들기도 하고, 살아가면서 여러 가지 슬픔을 겪어요. 누구나 아픔 없이 살아가길 바라지만, 생명 있는 모든 존재는 그럴 수 없답니다.

그러나 이런 상처가 과연 나쁘기만 할까요? 우리는 상처를 딛고 고운 꽃처럼 피어난 존재예요. 마음의 상처를 다스리지 못해 힘들었던 날들도, 아프고 괴로웠던 날들도 꽃처럼 피워 내며 살아가고 있어요. 그러니 스스로 격려해 주세요. 자신의 상처를 슬기롭게 치유할 줄 아는 사람이 여러분이면 좋겠어요.

나의 한 줄 평 ....

....

💜 **활동**

상처를 받았을 때 옆에서 도움을 준 사람이 있나요? 누군가와 함께 성장한 경험이 있는지 떠올려 봅시다.

거꾸로 말했다

괜찮아요,라고 말할 때
괜찮지 않았다

저는 됐어요,라고 말할 때
되지 않았다

아니에요,라고 말할 때
아니지 않았다

하나 마나 한 말이지만,
내가
나라고 부르는 애야,
너한테 분명히 말해 둘게

아무 때나 웃지 마,
어색할 때는 그냥 있어도 돼

70   2부 · 달리는 시

마음속에 청개구리 한 마리가 사나 봐요. 거꾸로 말할 때가 있거든요. 괜찮지 않은데, 괜찮은 척하는 청개구리요. 여러분도 속마음과 반대로 표현한 적이 있을 거예요. 부모님의 마음에 들고 싶어서, 또는 친구의 기분을 상하지 않게 하려고 속마음을 숨긴 적 있나요? 그래서 내 감정을 돌보는 데 소홀하지는 않았나요?

시는 자신의 감정을 진솔하게 표현하는 글쓰기랍니다. 괜히 마음에도 없는 말을 하고 나면 마음에 구멍이 뻥 뚫린 것 같지요. 분위기를 띄우려고 실없이 웃고 나면 '어휴. 그때 내가 왜 그랬지?'라고 후회하기도 하고요. 그러니 후회하고 싶지 않다면 거울을 마주 보며 스스로에게 이렇게 말하기로 해요. "아무 때나 웃지 마, 어색할 때는 그냥 있어도 돼!"

나의 한 줄 평 ....

....

💜 **활동**

내 마음과 다르게 말해 본 적이 있나요? 솔직하게 써 봅시다.

자물쇠가 철컥 열리는 순간

조
재
도

나에게도
자물쇠가 철컥 열리는 순간 같은
그런 때가 있어요
그러니 기다려 주세요

처음 자전거를 배울 때
수십 번 넘어지고 일어나 다시 타도
또 넘어질 때
그러다 어느 순간
나도 모르게 두 바퀴로 세상을 씽씽 달릴 때처럼
자물쇠가 철컥 열리는 순간이
있답니다

수영을 배울 때도
공부할 때도
바이올린을 켜거나
탁구를 칠 때도

아무리 아등바등해도 넘지 못하던 벽을
어느 순간 훌쩍 뛰어넘는
그런 때가 있답니다

그러니 기다려 주세요
너무 재촉하지 말아 주세요
가을에 심은 나무는
봄이 되어야 꽃 피울 수 있잖아요

감상 길잡이

"넌 커서 뭐가 될래?" "놀기만 하고 숙제 안 할 거야?" 이런 말을 들으면 자물쇠처럼 입을 꾹 다물고만 싶죠. 손가락으로 귀를 막고 싶죠. 내가 원하는 만큼 실력이 늘지 않아서 조바심 날 때도 있어요. 그럴 때는 아무리 아등바등 노력해도 눈앞에 커다란 벽이 가로막고 있는 것 같아요.

하지만 분명히 자물쇠가 열리는 순간이 올 거예요. 눈앞을 가로막았던 벽이 와르르 무너지는 순간이 올 거예요. 정말 어려운 수학 문제를 풀다가, 어느 순간 '철컥' 하고 열쇠가 딱 들어맞는 순간이요. 지금 중학생이 된 여러분은 느려도 한 계단씩 오르는 중이랍니다. 그러니 너무 재촉하지 말아 주세요. 나무에게 빨리 꽃 피우라고 재촉한대도, 꽃은 봄이 되어야만 피니까요.

나의 한 줄 평 ⋯⋯⋯⋯⋯⋯⋯⋯⋯⋯⋯⋯⋯⋯⋯⋯⋯⋯⋯⋯

⋯⋯⋯⋯⋯⋯⋯⋯⋯⋯⋯⋯⋯⋯⋯⋯⋯⋯⋯⋯⋯⋯⋯⋯⋯⋯⋯⋯⋯⋯⋯⋯⋯

활동

끈질기게 도전해서 무언가를 성취한 경험이 있나요? 내 앞을 가로막던 자물쇠가 철컥 열린 것 같은 순간에 관해 이야기해 보아요.

큰 나무

조
재
도

어떤 말을 하고 나면
내가 어른스러워진 것 같다

어떤 생각을 하고 나면
내가 어른스러워진 것 같다

어떤 행동을 하고 나면
그때의 내 모습은

어른스러움!

그런 날은
내 키가 부쩍 커진 것 같다
어깨가 와짝
넓어진 것 같다
마음이 흐뭇함으로 가득 차고
그늘이 넓은 큰 나무가 된 것 같다

감상 길잡이

여러분은 어떤 때 어깨가 와짝 넓어진 것 같고, 어른이 된 것 같 나요? "그늘이 넓은 큰 나무"와 같은 사람은 어떤 사람일까요? 무 더운 날에 그늘을 내어 주고, 새들에게 열매를 나눠 주는 사람을 말하는 게 아닐까요?

여러분은 어느 때 나무처럼 성장하고 있다고 느끼나요? 곰곰 떠 올려 봐요. 읽기 어려운 책 한 권을 다 읽었을 때, 태권도 시험에서 승급했을 때, 슬퍼하는 친구에게 진심 어린 위로의 말을 건넸을 때 도 그랬을 거예요. 이런 경험은 우리들 마음의 키를 한 뼘씩 자라 게 하지요. 아, 지금 떠오르는 생각이 있다고요? 그럴 땐 어깨를 다 독이며, "아, 정말 잘했어!"라고 스스로 칭찬해 주세요.

나의 한 줄 평 ....

....

활동

내가 생각하는 '어른스러운 말'은 무엇인가요? 두세 줄 정도 간단히 요약해 봅시다.

시의 기본 개념 알기

기본적인 시의 표현 방법을 아는 것은 작품 이해에 도움이 된답니다. 그래서 이번에는 중학생이 꼭 알아야 할 세 가지 표현 방법인 운율, 비유, 상징에 대해 알아보려고 해요.

운율은 시를 읽을 때 느껴지는 말의 가락입니다. 가락이란 음악성을 더해 주는 음의 흐름이에요. 시에서는 반복을 통해서 음악성을 형성하곤 합니다. 특정한 소리, 비슷한 글자, 문장 구조가 반복될 때 운율이 생겨나는 거지요. 앞서 살핀 시 「사랑에 답함」을 다시 한번 읽어 보세요. 운율이라는 개념을 알고 읽으면 또 새로운 감상을 느낄 수 있을 거예요.

비유는 표현하려는 대상(원관념)을 그와 공통점이 있는 다른 대상(보조 관념)에 빗대어 표현하는 방법입니다. 상징 역시 표현하려고 하는 대상을 다른 대상에 빗댄다는 점에서는 같아요. 다만 비유가 구체적인 두 대상 사이의 공통점을 바탕으로 한다면 상징은 눈에 보이지 않는 추상적인 대상을 구체적으로 나타내지요.

예를 들어 '사과 같은 얼굴'이라는 표현은 얼굴을 사과에 비유하고 있어요. 동그랗고 붉고 고운 얼굴이 사과와 공통점이 있어서일 거예요. 한편 행운을 '네잎클로버'로 빗댄다면 비유보다는 상징이라고 할 수 있지요.

1. 이제 지금까지의 설명을 참고하여 시의 표현 방법을 간단하게 정리해 볼까요?

운율:

비유:

상징:

2. 시의 표현 방법을 참고해 「맨드라미」를 다시 읽어 보고, 다음 활동에 답해 보세요.

「맨드라미」에서 운율이 느껴지는 이유:

「맨드라미」에서 쓰인 비유적 표현:

그 효과:

3부

너에게
시를 준다면

들어가는 시

내 마음의 수채화

신미나

지금 내 마음은 금방 짠 물감 같아
알록달록 반짝여
좋으면 그냥 좋아,라고 대충 쓰지 않을래
내 마음에 딱 맞는 색을 고르고 싶어

내 마음은
토실한 알밤처럼 단단한 갈색이 되고 싶어
황금빛 벼처럼 겸손하고 싶어
가끔은 흩날리는 벚꽃의
진분홍과 연분홍 사이에 혼자 있고 싶어

좋으면 좋아,라고 간단히 쓰지 않을래
네 마음도 자세히 읽고 그려 볼래
말해 줄래? 네 마음은 어떤 색깔로 칠했는지

빗길

성
명
진

친구의 우산을 함께 쓰고 왔다.

미안해서
내가 비를 더 맞으려고
어깨를 우산 밖으로 내놓으면
친구가 우산을 내 쪽으로
더 기울여 주었다.

빗속을
우리는 나란히 걸었다.

좁은 길에선 일부러
내가 빗물 고인 자리를 디뎠다.
그걸 알았는지 친구는 나를
제 쪽으로 가만히 당겨 주는 것이었다.

　우리는 힘든 순간을 함께 통과할 때 상대방의 마음을 진하게 느끼곤 합니다. 슬프고 지치는 날 누군가 곁에 있어 준다면, 이때 둘 사이에 통하는 감정을 우정이라고 말할 수 있겠습니다. 걷기 불편한 "빗길"에서 서로 비를 덜 맞게 하려고 우산을 상대편으로 기울이는 두 사람이 보입니다. 친구가 덜 힘들기를 바라는 마음은 일부러 더 험한 자리를 딛거나, 그 행동을 알아채고 자기 쪽으로 몸을 당겨 주는 행동으로 나타나지요. 이런 친구가 있다면 아무리 힘든 빗길이라도 힘내서 가 볼 수 있을 거예요.

나의 한 줄 평 ⋯⋯⋯⋯⋯⋯⋯⋯⋯⋯⋯⋯⋯⋯⋯⋯⋯⋯⋯⋯⋯⋯⋯⋯⋯⋯⋯⋯⋯

⋯⋯⋯⋯⋯⋯⋯⋯⋯⋯⋯⋯⋯⋯⋯⋯⋯⋯⋯⋯⋯⋯⋯⋯⋯⋯⋯⋯⋯⋯⋯⋯⋯⋯⋯⋯

💟 활동

이 시에서 "빗길"은 무엇을 상징하고 있나요? 누군가와 빗길을 함께 걸었던 경험을 떠올려 보고, 그 당시 상대방의 말이나 행동을 기록해 보세요.

비밀번호

우리 집 비밀번호
□□□□□□□

누르는 소리로 알아요
□□□　□□□□는 엄마
□□ □□□ □□는 아빠
□□□□ □□□는 누나
할머니는
□　□　□　　□
□　　□　　□

제일 천천히 눌러도
제일 빨리 나를 부르던
이제 기억으로만 남은 소리

보 고　싶　　은
할　머　　니.

84   3부 · 너에게 시를 준다면

감상 길잡이

　화자는 집 안에 있어요. 현관문 밖에서 들려오는 도어 록 비밀번호 누르는 소리로 누구일까 추측합니다. 사람마다 도어 록 누르는 습관이 달라 누군지 알 수 있다고 해요. 일곱 개의 숫자를 누르는 방식이 엄마, 아빠, 누나 모두 제각각이네요. 그런데 할머니가 누르는 번호 사이사이에는 빈칸이 있습니다. 느릿느릿한 속도가 느껴지는군요. 번호 누르는 속도는 느려도 할머니가 누구보다 "제일 빨리 나를 부르"는 걸 '나'는 알고 있습니다. 할머니와 '나' 사이엔 통하는 마음이 있나 봐요. 이제는 기억으로만 남은 소리. 그리운 할머니를 떠올리니 내 마음의 속도도 느려져 천천히 떠오르는 글자들이 있네요. "보 고 싶　은/할 머　니."는 할머니가 누르던 "□□　□　□/□　□　□"와 리듬이 같지요.

나 의 한 줄 평 ··

··

활동

□을 빼고 「비밀번호」를 낭독해 본 다음, □을 포함하여 다시 낭독해 보세요. 어떤 차이가 느껴지나요? 이 시에서 □의 역할은 무엇인지 생각해 봅시다.

오우가

내 벗이 몇이냐 하니 수석(水石)과 송죽(松竹)이라
동산에 달 오르니 그 더욱 반갑고야
두어라 이 다섯밖에 또 더하여 무엇 하리

구름 빛이 좋다 하나 검기를 자로 한다
바람 소리 맑다 하나 그칠 적이 하노매라
좋고도 그칠 뉘 없기는 물뿐인가 하노라

꽃은 무슨 일로 피면서 쉬이 지고
풀은 어이하여 푸르는 듯 누르나니
아마도 변치 않을손 바위뿐인가 하노라

＊ **오우** 다섯 명의 벗. 여기서는 물, 돌, 소나무, 대나무, 달을 말함.
＊ **좋다 하나** 깨끗하다 하나. 여기서 '좋다'는 '깨끗하다'는 뜻임.
＊ **자로** 자주.
＊ **하노매라** 많구나.
＊ **그칠 뉘** 그칠 때.
＊ **변치 않을손** 변치 않는 것은.

86   3부 · 너에게 시를 준다면

더우면 꽃 피고 추우면 잎 지거늘
솔아 너는 어찌 눈서리를 모르는가
구천(九泉)에 뿌리 곧은 줄을 그로 하여 아노라

나무도 아닌 것이 풀도 아닌 것이
곧기는 뉘 시키며 속은 어이 비었는가
저렇고 사시(四時)에 푸르니 그를 좋아하노라

작은 것이 높이 떠서 만물을 다 비추니
밤중의 광명이 너만 한 이 또 있느냐
보고도 말 아니 하니 내 벗인가 하노라

＊ **솔** 소나무.
＊ **구천** 땅속 깊은 밑바닥.
＊ **뉘 시키며** 누가 시켰으며.
＊ **사시** 사계절.
＊ **광명** 밝고 환함.

감상 길잡이

「오우가」는 윤선도의 시조 가운데 널리 알려진 작품입니다. 제목의 한자 뜻 그대로 다섯 친구에 대한 작품이지요. 물, 바위, 소나무, 대나무, 달이라는 자연물이 화자의 친구인데요, 이 친구들과 다른 대상을 비교하면서 대상의 특징을 더욱 강조하고 있답니다. 꽃과 풀은 변해도 바위는 변하지 않지요. 날씨에 따라 구름은 검기도 하고 바람도 불거나 멈추는데 물은 그치지 않고 흘러요. 계절이 변해 눈이 내려도 한결같은 소나무와 늘 곧게 서 있는 대나무도 화자의 친구입니다. 달은 높이 떠서 어두운 밤을 밝히고, 세상을 내려다보며 많은 것을 알면서도 조용합니다. 화자의 친구들은 공통점이 있네요. 세상에 휘둘리지 않고 변함이 없어요. 윤선도는 벼슬에서 물러나 전라남도 해남에 있는 금쇄동에 머물 때 이 작품을 썼다고 해요. 이곳은 사람의 발길이 잘 닿지 않는 곳인데요, 인간 세상에 대한 비판적인 인식이 작품에 반영되었어요. 세상과 다른 면을 자연에서 발견한 것이지요.

나의 한 줄 평 ....

....

활동

내가 친구하고 싶은 동식물을 하나 선정해 볼까요. 대상과 친구가 되고 싶은 이유도 밝혀 주세요.

3부 · 너에게 시를 준다면

겨울 사랑

문정희

눈송이처럼 너에게 가고 싶다

머뭇거리지 말고

서성대지 말고

숨기지 말고

그냥 네 하얀 생애 속에 뛰어들어

따스한 겨울이 되고 싶다

천 년 백설이 되고 싶다

＊**백설** 하얀 눈.

감상 길잡이

'사랑'이라는 단어 앞에 계절을 붙여 보세요. '봄 사랑'의 싱그러움과 '여름 사랑'의 열기, '가을 사랑'의 성숙함을 지난 '겨울 사랑'은 어떤가요. 겨울 사랑이라, 겨울과 사랑의 결합이 어쩐지 포근함을 연상시킵니다. 눈사람과 호빵을 닮은 따스하고 보드라운 하양. 이 시에서는 "따스한 겨울"이라는 말로 표현했지요. 이 시는 너에게 "눈송이처럼" 다가갑니다. 머뭇거리거나 서성거리지도 않고 숨김없이 "그냥 네 하얀 생애 속에 뛰어들어" 따스한 겨울이 되고 싶다고 해요. 순수한 마음에 하나 되어 천 년 동안 그치지 않기를 바라는 마음이에요.

나의 한 줄 평 ....

....

♥ **활동**

"따스한 겨울"이라는 표현에 담긴 의미는 무엇일까요? 자신의 생각을 이야기해 봅시다.

우리 둘이

고래고래
노래를 부르면
입에서 고래가 튀어나올 것 같아

바닷속에서 숨을 참았던 고래가 펑!
분수처럼 숨소리가 하늘 높이 솟구치는 기분
등대를 세우는 기분

참았던 걸 다 쏟아 내 버려!

정민이가 굽은 내 등을 지느러미로 쓰다듬어 주더라
노래보다 그게 훨씬 좋았어

정민이랑 나랑
둘이서 세상 끝까지 헤엄치는 돌고래처럼
우우 우우 우우 우우 우리 둘이
노래가 되었어

우리 둘이 · 김준현

여러분은 숨 막힐 듯 답답할 때 어떤 방법으로 스트레스를 푸나요? 밤새 게임을 할 수도, 먹고 싶은 대로 다 먹을 수도, 친구와 내내 통화를 할 수도 있을 텐데요. 여기, 「우리 둘이」 속의 친구들은 노래 부르기를 선택했네요. 아무런 눈치도 보지 않고 신나게 노래하는 두 사람. 참았던 걸 다 토해 내면서 "고래고래" 스트레스를 풉니다. "입에서 고래가 튀어나올 것 같"대요.

"펑!" 얼마나 크게 솟구치는 목소리일까요. 노래하는 '나'의 등은 어쩐지 굽어 있어요. 속상한 일이 있어서인지, 노래하느라 몸을 굽혀서인지, 물고기처럼 변해서인지 알쏭달쏭합니다. 그런데 곁에 있는 친구에게도 "지느러미"가 있네요. 노래하는 두 마리 "돌고래"라. 혼자 부르는 노래가 아니라, 친구가 곁에 있기에 용기는 배가 됩니다. '나'는 노래보다 훨씬 좋은 것이 정민이의 토닥거림이라고 해요. 이런 친구가 곁에 있다면 겁날 게 없을 테지요.

나의 한 줄 평 ....

....

 활동

답답한 마음에 갇힌 친구를 즐겁게 할 방법을 한 가지 떠올려 볼까요?

돌담장의 안녕

김
봉
군

아랫돌이 윗돌에게 업어 줘서 고맙댔어
윗돌이 아랫돌에게 업혀 줘서 고맙댔지
몇백 돌 몇천 돌들이 입을 모아 고맙댔네

감상 길잡이

'시조'는 우리 전통 시가의 한 갈래입니다. 고려 말부터 조선 시대에 걸쳐 널리 창작되었는데요, 평시조의 경우에는 3행, 즉 3장 형식으로 간결하면서도 4음보의 운율이 잘 느껴지지요. 여기서 '음보'란 한 행을 자연스럽게 끊어 읽으면서 생겨나는 율격을 말합니다. "아랫돌이/윗돌에게/업어 줘서/고맙댔어"는 네 걸음을 걷는 듯한 4음보를 이루고 있네요. 그렇다면 「돌담장의 안녕」이 전통 시가일까요? 이 시는 오늘날에도 전통을 이어 가는 현대 시조 작품이랍니다. 서로의 존재를 고마워하는 돌들의 대화를 담았지요. 아랫돌은 윗돌에게, 윗돌은 아랫돌에게 고마워합니다. 우리도 매일 누군가와 관계를 맺으면서 살아갑니다. 입을 모아 고맙다고 말하는 돌담처럼 우리 모두 서로에게 고맙다고 말해 보면 어떨까요?

나의 한 줄 평 ....

....

 활동

「돌담장의 안녕」을 소리 내어 읽는다면 어떻게 끊어 읽을까요? 효과적인 낭독 방법을 생각해 봅시다.

묏버들 가려 꺾어

묏버들 가려 꺾어 보내노라 님의 손대

자시는 창밖에 심어 두고 보소서

밤비에 새잎 곧 나거든 날인가도 여기소서

＊**묏버들** 산버들.
＊**님의 손대** 님이 있는 곳에.
＊**자시는** 주무시는.
＊**날인가도** 나인가도.

감상 길잡이

「묏버들 가려 꺾어」는 조선 시대의 기녀 홍랑이 사랑하던 문인 최경창과 이별한 후 쓴 시조입니다. 두 사람 사이에는 신분 차이와 물리적 거리라는 장벽이 있었어요. 헤어짐의 상황에서 화자는 님에게 버드나무 가지를 꺾어 보냅니다. 나를 대신해 무언가라도 보내고 싶은 마음에 가능한 한 고운 것을 고르는 정성을 더했지요. 화자는 이 "묏버들"을 자는 곳 가까이에 심어 두라고 당부해요. 밤비에 새잎이 날지도 모른다고요. 멀리 있다 한들 님을 향한 그리움은 지치지 않고 자라날 거라고요.

나의 한 줄 평 ⋯⋯⋯⋯⋯⋯⋯⋯⋯⋯⋯⋯⋯⋯⋯⋯

⋯⋯⋯⋯⋯⋯⋯⋯⋯⋯⋯⋯⋯⋯⋯⋯

 활동

그리운 이에게 나를 대신해 무언가를 보낸다면, 여러분은 어떤 대상을 선택할 건가요? 선택한 이유도 함께 써 보세요.

풀꽃

나태주

자세히 보아야
예쁘다

오래 보아야
사랑스럽다

너도 그렇다.

감상 길잡이

　'풀꽃'은 말 그대로 풀에 피는 꽃입니다. 따로 이름이 없는 꽃이지요. 풀들 사이에 제멋대로 피어난 작고 연약한 존재 말이에요. 아무도 주목하지 않기에 무심코 지나치기 쉽지요. 시인의 표현대로 "자세히 보아야/예쁘"고, "오래 보아야/사랑스럽다"는 걸 알수 있어요. 우리를 둘러싼 수많은 존재들이 어쩌면 길가에 핀 풀꽃같습니다. 마음을 내어 자세히, 오래 살피면 존재의 아름다움을 발견할 수 있어요.

나 의 한 줄 평 ....

....

 활동

여러분은 무언가를 자세히 살펴보다 새로운 아름다움을 발견했던 경험이 있나요? 자유롭게 이야기해 봅시다.

저녁에

김
광
섭

저렇게 많은 중에서
별 하나가 나를 내려다본다
이렇게 많은 사람 중에서
그 별 하나를 쳐다본다

밤이 깊을수록
별은 밝음 속에 사라지고
나는 어둠 속에 사라진다

이렇게 정다운
너 하나 나 하나는
어디서 무엇이 되어
다시 만나랴

　삶에서 누군가를 만나 서로를 알아보고 마음을 나누는 건 귀한 경험입니다. 많은 별 중에서 단 하나의 별이 나를 내려다보는 것, 많은 사람 중에서 단 하나의 사람이 나를 바라보는 것 역시 귀하지요. 아주 낮은 확률로 일어나는 일이에요. 그러나 이 만남은 짧습니다. 서로를 보던 둘은 각자의 배경 속으로 사라지지요.

　별과 '나'는 다시 만날 수 있을까요? 만나더라도 긴 시간이 흐른 뒤에야 가능할 듯합니다. "어디서 무엇이 되어/다시 만나랴"는 지금, 여기가 아니더라도 언젠가 만날 수 있기를 바라는 마음을 표현했기 때문이에요. 여기가 아닌 어딘가에서, 지금의 내가 아닌 "무엇이 되어"서라도 다시 만날 수 있기를 바라는 소망의 표현은 그만큼 간절하다는 뜻이기도 하겠습니다.

나 의 한 줄 평 ....

....

✌ 활동

누군가와 다시 만날 수 있기를 간절하게 바란 경험이 있다면 이야기해 봅시다.

눈물 한 방울

허유미

바다는 해녀의
거대한 눈물 한 방울이라서
파도는 눈물 한 방울의
흔들거리는 몸짓이어서
눈물 한 방울이 섬을 꼭 안고 있어서
우리는 해 질 녘이면
눈물 젖은 몸으로
가족의 이마를 만져 주어서
노래를 부르고 있어서
별은 눈물의 깊이를 알고 있어서
바다에서 사뭇 반짝이고
눈물에 가라앉은 숨비소리는
찬 바람을 모으고 있어서
바다가 바람보다 커서
눈물의 온기로 섬이 잠들어서
발아래 훌쩍훌쩍 물결치는 밤이어도

* 사뭇 마음에 깊이 스며들도록 매우.
* 숨비소리 물질하던 해녀가 수면 위로 떠올라 숨을 내뱉는 소리.

우리는 등대처럼 서로의 어두운 얼굴을
거대한 눈물 한 방울로 감싸고 있네

감상 길잡이

여러분은 제주도 하면 무엇이 가장 먼저 떠오르나요? 감귤, 돌하르방, 유채꽃 등 다양한 이미지가 떠오르지요? 제주도는 낭만적인 섬이기도 하지만, 「눈물 한 방울」의 시인에게는 관광지가 아니라 치열한 삶의 터전이기도 해요.

제주 모슬포 바닷가에서 해녀의 딸로 태어난 시인은 자신의 경험을 시로 녹여 냈어요. 물질을 하다 물 위로 올라와 숨을 내뿜는 소리를 "숨비소리"라고 하는데요. 들어 보면 호오이, 하고 휘파람 부는 소리 같기도 하고, 새가 휘이이이 우짖는 소리 같기도 해요.

시인은 해녀의 딸로 살아온 경험과 더불어 제주 해녀들의 웃음과 눈물, 역사까지도 생생하게 그려 냈네요. 시는 이렇게 우리가 경험한 것보다 넓은 세상을 시원하게 펼쳐서 보여 준답니다.

나의 한 줄 평 ....

....

👆 **활동**

「눈물 한 방울」에서는 바다를 "해녀의/거대한 눈물 한 방울"이라고 비유했어요. 이 눈물은 바람보다 크고, 따듯한 온기로 섬을 잠들게 하지요. 눈물 한 방울이 무엇을 더할 수 있을지 상상해 볼까요?

문해력 키우기

소리 내어 읽기

3부에는 우정을 노래한 시가 다수 실려 있습니다. 여러분은 시를 읽으면서 어떤 생각을 했나요? 소중한 친구를 떠올렸나요, 내게도 이런 친구가 있었으면, 내가 이런 친구가 되어 준다면 하는 가정을 해 보았나요. 마음속에 친구를 떠올리며 시를 소리 내어 읽어 보세요. 눈으로만 읽을 때와는 다른 느낌이 들 거예요. "시는 잘 모르겠어."라고 하는 친구들에게, 낭독은 꼭 추천하고 싶은 읽기 방법이랍니다.

★ 활동

3부에 수록된 시 중 친구에게 읽어 주고 싶은 작품을 한 편 선택해 다음 활동을 해 보세요.

1. 시인과 시 제목을 알려 주세요. 고른 이유는 무엇인가요?

시인/시 제목:
_____

고른 이유:
_____

2. 자품을 찾아 옮겨 써 보세요.

----

3. 시의 의미가 잘 살아나도록 천천히 소리 내 읽어 보세요.

4. 친구에게 시를 읽어 주고 난 뒤 덧붙이고 싶은 메시지를 써 보세요.

4부

세상을 밝히는 시

들어가는 시

걸어가는 시

신미나

내가 시인이라면

네 마음을 옷처럼 입어 보고 싶다

스웨터처럼

추운 너의 어깨를 따듯하게 감싸는 시

내가 시인이라면

어둠을 밝히는 시를 쓰고 싶다

손전등처럼

네 앞길을 동그랗고 환하게 밝히는 시

내가 시인이라면

세상의 바다와 같은 시를 쓰고 싶다

파도처럼

넓고도 푸르른 마음을 펼쳐 주는 시

우리는 모두 한 사람의 시인

어둠을 뚫고 나아가는 시를 써 보자

너와 내가 쓴 시가

큰 세상으로 뚜벅뚜벅 걸어간다

별밤에

나
태
주

별빛이 소낙비처럼
쏟아지는 밤

굴참나무 잎새 두 개
따다가 귀에 대면

내 귀는 그대로
우주의 안테나

맑게 살리라
사랑하며 살리라

은하수 밖 태양계 밖
우주의 소리를 듣는다

그래 그래 그래
산들이 고개 끄덕여 주고

4부 · 세상을 밝히는 시

강물도 입술 반짝이며
엿듣고 있다.

눈을 감고 상상해 보세요. 얼굴 위로 별빛이 주근깨처럼 쏟아지는 캄캄한 밤중입니다. 고요한 밤, 들판 한가운데 서 있다고 생각해 보세요. 무슨 소리가 들릴까요? 쏴아 쏴아 바람에 벼가 스치는 소리, 찌륵 찌르르 풀벌레 소리, 저 멀리 떨어진 집에서 개가 컹컹 짖는 소리도 들려올 것만 같아요. 어쩐지 쓸쓸하고 외로운 느낌도 듭니다. 사방이 조용해요. 마치 후우우우, 하고 우주가 길게 숨 쉬는 소리도 들릴 것처럼.

제아무리 밤이 어둡다 해도 별은 제자리에서 빛나지요. 묵묵히 제 할 일을 한다는 듯이요. 그런 밤에 시인은 "맑게", "사랑하며 살리라"고 다짐합니다. 이런 시인의 다짐을 이해한다는 듯이 산은 고개를 끄덕여 주고, 강물은 입술을 반짝이며 흘러요. "별"과 같은 상징을 통해 시인이 듣고자 하는 "우주의 소리"는 어떤 말이었을까요?

나의 한 줄 평 ....

....

활동

감각이란 눈, 코, 귀, 혀, 살갗을 통해 어떤 자극을 알아차리는 걸 말해요. 「별밤에」에서는 귀(청각)로 들은 표현이 많이 나와요. 한 가지 감각에 집중하여 짧은 글을 써 봅시다.

한 송이 말의 힘

김선우

진심에서 우러난

한 줄기 말을

놓아 준 적 있는 자리에선

한 송이 기쁨이

반드시 피어난다

그때가 언제이든

감상 길잡이

"개이득, 핵노잼, 노답, ㅇㅈ?" 문자 메시지를 주고받거나, SNS를 할 때 자주 쓰는 말이죠. 스트레스 받으니까 재미로 유행어를 쓰면서 스트레스를 풀기도 하고요. 친구들과 유행하는 말을 쓰면 더욱 친밀감이 드는 것 같아서 쓰기도 해요.

하지만 이런 언어 습관을 길들이다 보면 나쁜 버릇이 생길 수도 있어요. 자칫 욕이 습관이 되면, 어휘력 수준도 낮아지고요. 소리 나는 대로 받아 적는 바람에 맞춤법을 자주 틀리기도 합니다. 말은 곧 마음을 비추어요. 아름다운 말은 꽃과 같아서 좋은 말이 오가는 곳에서 향기로운 말이 피어난답니다. 가시 돋친 말은 상처를 주는 반면 진심 어린 말은 사람의 마음에 뿌리내려 기쁨을 줍니다. 여러분은 오늘 하루, 어떤 말을 가장 많이 썼나요?

나의 한 줄 평 ....

....

활동

인터넷에서 자주 쓰는 은어, 신조어, 비속어의 뜻을 조사해 보고 고쳐 써 볼까요?

4부 · 세상을 밝히는 시

넌 어느 쪽이니?

이옥용

이 세상엔
두 부류의 사람이 있대

뉴스 만드는 사람
뉴스 듣는 사람

뉴스 믿는 사람
뉴스 의심하는 사람

뉴스 베끼는 사람
뉴스 버리는 사람

뉴스 만드는 사람
뉴스 없애는 사람

뉴스 불리는 사람
뉴스 줄이는 사람

뉴스에 마술 거는 사람
뉴스에 현미경 대는 사람

넌 어느 쪽이니?

‘정보를 바르게 전달하는 사람’ 하면 누가 떠오르나요? 아나운서, 평론가나 기자처럼 말글을 자주 사용하는 사람이겠지요. 하지만 요즘은 책이나 뉴스보다 인터넷 개인 방송이나 SNS를 더 자주 보기도 해요. 여러분이 보는 모든 매체가 진실만을 전하고 있었나요?

여러분은 어느 쪽인가요? 뭔가 멋있어 보여서 불필요한 말을 함께 전달한 적은 없나요? 무심코 차별적인 언어를 사용하지는 않았나요? 말과 글은 어떻게 사용하는지에 따라 그 쓰임새가 무척 달라져요. 보이지 않는 무기를 숨길 수도 있지요. 잘못 사용하면 타인에게 상처를 줄 수 있어요.

나의 한 줄 평 ....

....

💜 **활동**

평소 무심코 쓰는 말 중에 누군가를 상처 주거나 편견을 담은 표현이 있지는 않았는지 생각해 볼까요? 어떻게 바꾸어 말할 수 있을까요?

연탄 한 장

안도현

또 다른 말도 많고 많지만
삶이란
나 아닌 그 누구에게
기꺼이 연탄 한 장 되는 것

방구들 선득선득해지는 날부터 이듬해 봄까지
조선 팔도 거리에서 제일 아름다운 것은
연탄 차가 부릉부릉
힘쓰며 언덕길 오르는 거라네
해야 할 일이 무엇인가를 알고 있다는 듯이
연탄은, 일단 제 몸에 불이 옮겨붙었다 하면
하염없이 뜨거워지는 것
매일 따스한 밥과 국물 퍼먹으면서도 몰랐네
온몸으로 사랑하고 나면
한 덩이 재로 쓸쓸하게 남는 게 두려워

＊방구들 화기가 방 밑을 통과하여 방을 덥히는 장치.
＊선득선득 갑자기 서늘한 느낌이 자꾸 드는 모양.
＊팔도 조선 시대에, 전국을 여덟 개로 나눈 행정 구역. 남한과 북한 전체를 이르는 말.

4부 · 세상을 밝히는 시

여태껏 나는 그 누구에게 연탄 한 장도 되지 못하였네

생각하면
삶이란
나를 산산이 으깨는 일

눈 내려 세상이 미끄러운 어느 이른 아침에
나 아닌 그 누가 마음 놓고 걸어갈
그 길을 만들 줄도 몰랐었네, 나는.

연탄은 아낌없이 희생하는 사람 같아요. 자신을 태우면서 온기를 나눠 주니까요. 다 타고 나면 한 덩이 재가 될 줄 알면서도 타인을 위해 기꺼이 자신을 내줍니다. 재가 된 뒤에도 그냥 버려지지 않아요. 미끄러운 길에서 넘어지는 사람이 없도록 뿌려지지요. 그러니 이 "연탄 한 장"은 다른 이들을 위해 얼마나 많은 것을 주었나요?

시인은 길 위에 으깨진 연탄재를 보며 반성합니다. "한 덩이 재"로 남을 것이 두려워서 뜨겁게 사랑하지 못했던 삶을 돌아봐요. 우리에게도 연탄 한 장과 같은 마음의 불씨가 있답니다. 누군가 서럽고 슬퍼서 울고 있을 때, 연탄 한 장처럼 온기를 나눠 주는 사람이 여러분이라면 좋겠습니다.

나의 한 줄 평 ....

....

 활동

'연탄 한 장'과 같은 삶을 살다 간 인물이 등장하는 영화나 다큐멘터리를 함께 감상해 봅시다.

송사리

누구냐구요?

이젠 얼굴도 잊으셨네요.

강물 냇물 놔두고

논과 연못에 살았던 송사리예요.

송사리 끓듯 한다는 속담도 있잖아요

예전엔 그렇게 흔했었죠.

송사리 낚시나 그물은 없어요

우릴 해칠 마음이 없었거든요.

아이들이 간혹

물 담은 고무신이나 어항에 넣긴 했지만

이내 놓아줬어요.

원래가 친했으니까요.

그런데 논에는 농약 연못엔 폐수

이젠 살 데가 없네요.

그래서 꿈에 나타나 부탁하는 거예요.

어디 살 만한 데가 있으면

꼭 좀 알려 주세요.

여러분은 송사리를 본 적 있나요? 맞아요, 엄지보다 작은 송사
리요. 맑은 계곡이나 냇가에 무리 지어 재빨리 돌아다니지요. 여름
방학 때 냇가에서 두 손을 오므려 송사리를 잡았던 적 있나요? 예
전에는 고무신을 작은 배처럼 띄워 두고 송사리를 담기도 했대요.

그런데 환경이 오염되어 송사리가 사라졌습니다. 기후 위기로 인
해 지구가 몸살을 앓고 있어요. 남극의 빙하가 녹고, 미세 먼지 때
문에 아기들의 속눈썹이 길어졌다는 뉴스가 보도된 적도 있고요.
우리가 버린 쓰레기가 생태계를 파괴하고 있어요. 시인은 시를 통
해 자신의 뜻을 전달한답니다. 그리고 송사리의 입장을 대신해서
목소리를 냅니다. 폐수와 오염수 때문에 송사리가 살 곳이 없으니,
정말 안타까운 현실입니다.

나의 한 줄 평 ....

....

 활동

환경을 오염시키는 원인에는 무엇이 있을까요? 오늘부터 한 가지씩 실천할 수 있는
'지구 살리기 운동'을 생각해 볼까요?

들판이 적막하다

정현종

가을 햇볕에 공기에
익는 벼에
눈부신 것 천지인데,
그런데,
아, 들판이 적막하다―
메뚜기가 없다!

오 이 불길한 고요―
생명의 황금 고리가 끊어졌느니……

감상 길잡이

가을이 되면 벼가 황금빛으로 익어 갑니다. 따스한 가을 햇볕 아래 화자가 들녘을 걸어갑니다. 가을의 풍요로운 정취를 느끼면서 말이죠. 그런데 분위기가 확 바뀝니다. 갑자기 불길한 기분이 들어서 주위를 둘러봅니다. 그 순간 평온은 깨지고, 이상한 적막에 휩싸입니다. 들판이 지나치게 조용한 원인이 "메뚜기가 없"어서란 걸 알아차렸기 때문이지요.

메뚜기는 농사를 방해하는 해충으로 여겨지기도 해요. 농약을 쳐서 메뚜기를 없애 버렸기 때문에 들판이 조용한 것이지요. 농산물 수확량을 늘리려고 농약을 과도하게 사용하다 보니, 메뚜기가 다 사라져 버린 것입니다. 시인은 생태계가 심각하게 파괴된 현실을 그리며 문제의식을 드러내요. 그리고 "생명의 황금 고리"라는 말을 통해 모든 생명체가 사슬처럼 연결되어 있음을 말해 줍니다.

나의 한 줄 평 ....

....

활동

「들판이 적막하다」는 2연 8행으로 짧지만, 화자의 감정이 여러 번 변해요. 어떻게 변화하는지 요약해 봅시다.

나를 키우는 말

이해인

행복하다고 말하는 동안은
나도 정말 행복해서
마음에 맑은 샘이 흐르고

고맙다고 말하는 동안은
고마운 마음 새로이 솟아올라
내 마음도 더욱 순해지고

아름답다고 말하는 동안은
나도 잠시 아름다운 사람이 되어
마음 한 자락이 환해지고

좋은 말이 나를 키우는 걸
나는 말하면서
다시 알지

감상 길잡이

　사람의 말은 곧 그의 생각을 나타냅니다. 누군가 다른 사람의 흉을 자주 본다면 그의 마음은 미움으로 가득 차 있을 것이고, 고맙다고 말한다면 그 입술에는 감사가 있으며, 아름답다고 감탄한다면 그 눈동자에 아름다움을 찾아내는 능력이 있는 것이지요.

　여러분은 어떤 말을 들었을 때 마음이 환해지는 기분을 느끼나요? 좋은 말은 나를 키워 주는 밑거름이 됩니다. 중학생이 되어서 여러분이 들었던 말 중에 가장 밝게 마음을 비춰 준 말이 있나요?

　　나의 한 줄 평 ------------------------------------

활동

내가 들었던 기분 좋은 말을 적어 빙고 게임을 해 봅시다. 기분 좋은 말은 내가 듣고 싶은 말이자 상대를 배려하는 말이죠. 먼저 세 줄을 지운 사람이 승리해요.

길

김종상

길은 포도 덩굴
몇백 년이나 자라
땅덩이를 다 덮었다

이 덩굴 가지마다
포도송이 같은 마을이 있고
포도알 같은 집들이 달렸다

포도알이 늘 때마다
포도송이는 커 가고

갈봄 없이 자라 가는
이 덩굴을 통하여
사람과 사람이 도와 가고
마을과 마을은 이어져서

＊ **갈봄** 가을봄. 가을과 봄을 아울러 이르는 말.

세계는 한 덩이 과일로
토실토실 익어 가고 있는 것이다.

시인은 시를 효과적으로 표현하기 위해서 '비유'를 씁니다. 비유가 무엇인지는 앞선 시들을 통해 충분히 알게 되었지요? 「길」의 시인은 "길"을 "포도 덩굴"에 비유합니다. 길이 여러 갈래로 나뉜 것처럼, 포도 덩굴에도 많은 가지가 달려 있으니까요.

여러분! 여기서 길과 포도 덩굴의 공통점을 찾았나요? 공통점이야말로 비유의 핵심이랍니다. 두 대상의 비슷한 성질을 떠올리면, 그리고 싶은 장면을 구체적이고 명확하게 그릴 수 있어요. 포도 송이 안에 작은 집들을 상상해 보세요. 이 시를 읽으면 덩굴을 따라 마을과 마을이 이어지고, 이웃들이 오순도순 살아가는 모습이 떠오릅니다.

나의 한 줄 평 ···

···

👋 **활동**

비유에는 직유와 은유가 있어요. '길은 포도 덩굴이다.'라는 표현처럼 '~은 ~이다.'의 형식으로 대상을 간접적으로 나타내는 걸 은유법이라고 하지요. 은유법을 사용하여 자신을 재미있게 소개해 보세요.

비스듬히

생명은 그래요.
어디 기대지 않으면 살아갈 수 있나요?
공기에 기대고 서 있는 나무들 좀 보세요.

우리는 기대는 데가 많은데
기대는 게 맑기도 하고 흐리기도 하니
우리 또한 맑기도 흐리기도 하지요.

비스듬히 다른 비스듬히를 받치고 있는 이여.

  종이 위에 컴퍼스가 있다고 생각해 보세요. 다리 하나가 축이 되고 다른 다리로 원을 그린다고 상상해 보세요. 컴퍼스는 기대지 않고 설 수 없죠? 사람도 마찬가지랍니다. 누구나 혼자 힘으로만 설 수 없어요.

  시인의 시선은 눈에 보이지 않는 것도 찾아냅니다. 나무들이 공기에 기대고 서 있다니! 참신한 발견이지요. "비스듬히"라는 부사의 생김새를 보세요. 정말 서로 기대어 선 모양 같아요. "비스듬히"라는 부사를 제목으로 쓴 것도 재미있네요.

  여러분도 힘들 때 어깨를 빌려준 친구가 있나요? 슬플 때 괜찮다고 달래 준 사람이 있나요? 사람 인(人)이라는 한자를 가만 들여다보세요. 두 획이 비스듬히 서로에게 기댄 모양이랍니다. 부축하고 기대며, 우리는 서로를 의지하며 살아갑니다.

나의 한 줄 평 ⋯⋯⋯⋯⋯⋯⋯⋯⋯⋯⋯⋯⋯⋯⋯⋯⋯⋯⋯

⋯⋯⋯⋯⋯⋯⋯⋯⋯⋯⋯⋯⋯⋯⋯⋯⋯⋯⋯

💟 **활동**

여러분이 마음 놓고 기댈 수 있는 사람을 떠올려 보세요.

3월

오
규
원

아침부터
펑 펑
봄눈이 내리더니

점심 무렵에는
산과
들이
눈부시게
하얀 이불을 덮고
잠이 들었다

골짝을
타고 내리는 물소리만
나즉 나즉

자장가처럼 들리던
하루가 지나고

다시 아침이 오고
해가 떠오르더니

점심 무렵에는
산과
들에
좌아악 깔린 이불을
모조리
걷어 가 버렸다

이불이 걷힌
그 자리에는
잠자리에서 뛰어나온
아이들처럼

파란 싹들이
왁자지껄
일어나 있다

감상 길잡이

　3월에 내린 봄눈이 새하얀 이불 같다니, 눈앞이 환해지는 것만 같아요. 아주 추운 겨울과 다르게, 3월에 내리는 눈은 이불을 폭 덮은 듯 포근하게 느껴지기도 합니다.

　시는 우리에게 익숙한 것들을 뒤집어서 생각하게 만들어요. 다른 방식으로 신선하게 표현하지요. 그래서 시는 '독창적인 발견'이랍니다. 봄눈을 이불과 같다고 표현한 것도 시인만의 개성적인 시선이 드러난 표현이지요.

　점심때가 되자 '산과 들을 눈부시게 덮었던 눈'이 점점 녹기 시작했나 봐요. 녹은 눈이 물이 되어 흐르는 소리가 자장가처럼 들려옵니다. 다음 날이 되자 눈 녹은 풍경을 "좌아악 깔린 이불을/모조리/걷어 가 버렸다"라고 표현합니다. 어때요? 또 한 번 무릎을 탁 치게 만드는 참신한 표현이지요!

　　　　나의 한 줄 평 ....

　　　　..

　활동

참신한 비유를 활용하여 한 문장으로 계절을 표현해 봅시다.

새로운 길

윤동주

내를 건너서 숲으로
고개를 넘어서 마을로

어제도 가고 오늘도 갈
나의 길 새로운 길

민들레가 피고 까치가 날고
아가씨가 지나고 바람이 일고

나의 길은 언제나 새로운 길
오늘도…… 내일도……

내를 건너서 숲으로
고개를 넘어서 마을로

이 작품의 주요 소재는 무엇인가요? 이제는 식은 죽 먹기죠? 맞아요. '길'이랍니다. 길을 소재로 하여 시인이 바라는 삶의 태도를 표현했어요. 시에 쓰인 운율을 살펴볼까요? "길"이나 "—도"를 반복해서 의미를 강조하고 있네요.

이 시에서 '나'는 길을 걸어갑니다. 길을 걸어가면서 만난 것들을 볼까요? 내, 숲, 민들레, 까치 등 다양해요. 여러분이 학교 가는 길을 떠올려 보세요. 오르막도 있고, 내리막도 있고, 좁은 길, 넓은 길도 있어요. 우리가 걸어가는 길이 평평하지만은 않죠. 그렇다면 이 시에서 드러내고자 하는 화자의 태도는 무엇일까요? 걸어가기 힘들다고 길 한가운데에서 멈출 수는 없겠지요. 시인은 「새로운 길」을 통해 우리의 인생을 표현한 게 아닐까요? 우리가 갈 길이 울퉁불퉁하더라도 "내를 건너서 숲으로/고개를 넘어서 마을로" 향하자는 의지를 드러낸 게 아닐까요?

나의 한 줄 평 ···

··

👆 **활동**

'윤동주문학관'에 가면 윤동주 시인과 관련된 전시 및 행사에 참여할 수 있답니다. 또한 '내를 건너서 숲으로'라는 도서관도 있으니 견학해 볼까요?

문해력 키우기

쓰기를 통한 읽기

시를 읽으면서 머릿속에 장면을 그려 보세요. 뮤직비디오나 영화의 한 장면처럼 떠오르는 이미지 속에 머물러 보세요. 똑같은 시를 읽으면 모든 사람이 같은 장면을 떠올릴까요? 아니에요. 같은 시를 읽고도 사람마다 그리는 장면이 다를 수 있답니다. 신기하지요? 글에 자신만의 상상을 더해 해석하는 과정은 기존보다 폭 넓은 독해에 이르는 길이에요. 독서에 재미를 붙이는 방법이기도 하고요.

★ 활동

「나를 키우는 말」을 다시 읽어 보고, 여러 상상을 더해 봅시다. 그 과정을 통해 소설도 써 볼까요. 아주 짧은 이야기라도 좋아요.

1. 시를 읽고 화자가 누구인지, 어떤 시·공간에 있는지, 어떤 상황에 처해 있는지 자유롭게 상상해 봅시다.

화자는 어떤 존재일까?	
화자는 어떤 시·공간에 있을까?	
화자가 처한 구체적인 상황은 무엇일까?	

2. 1의 내용을 바탕으로 손안에 들어올 만큼 짧은 손바닥 소설을 써 볼까요. 노트 한 장, 서너 문단 정도로 짧아도 좋아요.

시인 소개

공광규
1960~

서울에서 태어나 충남 청양에서 자람. 1986년 월간 『동서문학』으로 등단함. 시집으로 『대학일기』 『마른 잎 다시 살아나』 『지독한 불륜』 『소주병』 『말똥 한 덩이』 『담장을 허물다』 『서사시 금강산』 등이 있음.

권태응
1918~1951

호는 동천(洞泉). 충북 충주에서 태어남. 경성제일고등보통학교를 거쳐 1937년 일본 와세다대학 정경학부에 입학함. 1944년부터 시조와 소설을 쓰기 시작해 이후 동시 쓰기에 몰두하여 『송아지』 『하늘과 바다』 『우리 시골』 『어린 나무꾼』 『물동우』 『우리 동무』 『작품』 『동요와 또』 『산골 마을』 등 아홉 권의 육필 동시집을 손수 엮음. 1951년 작고 후 1995년에 동시선집 『감자꽃』이 출간됨.

김광섭
1905~1977

호는 이산(怡山). 함북 경성에서 태어남. 1932년 와세대학교 영문과를 졸업하고 1952년 경희대 문리대 교수로 취임함. 시집으로 『동경』 『마음』 『해바라기』 『성북동 비둘기』 『반응』 등이 있음.

김봉군
1941~

경남 남해에서 태어남. 지은 책으로 『문장기술론』 『문학개론』 『한국현대작가론』 『김동인론』 『이상론』 등의 문학비평서와 시집 『천년 그리움으로 떠 있는 섬』이 있음.

김선우
1970~

강원도 강릉에서 태어남. 1996년 계간 『창작과비평』에 시를 발표하며 등단함. 지은 책으로 시집 『내 몸속에 잠든 이 누구신가』 『나의 무한한 혁명에게』 『녹턴』 『내 따스한 유령들』, 장편소설 『물의 연인들』 『발원 : 요석 그리고 원효』, 청소년소설 『희망을 부르는 소녀 바리』, 청소년시집 『댄스, 푸른푸른』 『아무것도 안 하는 날』 등이 있음.

김소월
1902~1934

본명은 정식(廷湜). 평안북도 구성에서 태어남. 오산학교와 배재고보 졸업. 김억의 지도와 영향으로 시를 쓰기 시작해 1920년 『창조』에 시를 발표하며 문학 활동을 시작함. 시집 『진달래꽃』(1925)을 펴냈고, 죽은 뒤에 김억이 엮은 『소월 시초』(1939)가 간행됨.

김영롱   충남 성신초등학교 6학년 때 「삼촌」을 씀.

김용택
1948~

전북 임실에서 태어남. 순창농림고를 졸업하고 초등학교 교사로 일함. 1982년 '21인 신작 시집'에 시를 발표하며 등단. 시집 『섬진강』 『맑은 날』 『강 같은 세월』 『그 여자네 집』 『울고 들어온 너에게』, 동시집 『콩, 너는 죽었다』 『너 내가 그럴 줄 알았어』 『은하수를 건넜다』 등이 있음.

김유진
1977~

2009년 창비어린이 신인문학상에 당선되며 등단. 지은 책으로 동시집 『뽀뽀의 힘』 『나는 보라』, 청소년시집 『그때부터 사랑』, 평론집 『언젠가는 어린이가 되겠지』, 학술서 『한국 현대 동시론』 등이 있음.

김종상
1935~

경북 안동에서 태어남. 1960년 서울신문 신춘문예에 동시가 당선되며 등단함. 지은 책으로 동시집 『어머니 무명치마』 『흙손 엄마』 『어머니 그 이름은』, 동화 『생각하는 느티나무』 『아기 사슴』 등이 있음.

김준현
1987

경북 포항에서 태어남. 2013년 서울신문 신춘문예에 시가, 2015년 창비어린이 신인문학상에 동시가 당선되며 등단함. 지은 책으로 동시집 『나는 법』 『토마토 기준』, 청소년시집 『세상이 연해질 때까지 비가 왔으면 좋겠어』, 시집 『흰 글씨로 쓰는 것』 『자막과 입을 맞추는 영혼』 등이 있음.

나태주
1945~

충남 서천에서 태어남. 1971년 서울신문 신춘문예에 시가 당선되며 등단함. 시집 『대숲 아래서』 『쪼끔은 보랏빛으로 물들 때』 『세상을 껴안다』 『사랑, 거짓말』 『꽃을 보듯 너를 본다』, 청소년시집 『너에게도 안녕이』 등이 있음.

나희덕
1966~

충남 논산에서 태어남. 1989년 중앙일보 신춘문예로 등단함. 지은 책으로 시집 『뿌리에게』 『그 말이 잎을 물들였다』 『그곳이 멀지 않다』 『어두워진다는 것』 『사라진 손바닥』 『야생사과』 『말들이 돌아오는 시간』 『파일명 서정시』 『가능주의자』 등이 있음.

문정희
1947~

전남 보성에서 태어남. 1969년 『월간문학』 신인상으로 등단. 시집 『어린 사랑에게』 『오라, 거짓 사랑아』 『양귀비꽃 머리에 꽂고』 『나는 문이다』 『다산의 처녀』 『응』 『지금 장미를 따라』 『작가의 사랑』 『오늘은 좀 추운 사랑도 좋아』 등이 있음.

문현식
1947~

2008년 『어린이와 문학』에 동시를 발표하며 등단함. 지은 책으로 동시집 『팝콘 교실』 『오늘도 학교로 로그인』 등이 있음.

서장원

충북 청원에서 태어남. 제2회 이형기 디카시 신인문학상으로 등단함. 지은 책으로 시집 『보아야 봄이다』가 있음.

성명진
1966~

전남 곡성에서 태어남. 1990년 전남일보 신춘문예를 통해 등단함. 지은 책으로 동시집 『축구부에 들고 싶다』 『걱정 없다 상우』 『오늘은 다 잘했다』와 시집 『그 순간』 『몰래 환했다』 등이 있음.

성미정
1967~

강원 정선에서 태어남. 1994년 현대시학을 통해 등단함. 지은 책으로 『대머리와의 사랑』 『사랑은 야채 같은 것』 『상상 한 상자』 『읽자마자 잊혀져버려도』 등이 있음.

심후섭
1951~

경북 청송에서 태어남. 대구매일신문 신춘문예와 월간문학 신인문학상에 동화가 당선되며 등단함. 지은 책으로 동화 『의로운 소 누렁이』 『소야, 웃어 봐』 『나무도 날개를 달 수 있다』 『머루야 다래야』, 동시집 『도토리의 크기』 등이 있음.

안도현
1961~

경북 예천에서 태어남. 1984년 동아일보 신춘문예에 시가 당선되어 등단함. 시집 『서울로 가는 전봉준』 『모닥불』 『외롭고 높고 쓸쓸한』 『그리운 여우』 『아무것도 아닌 것에 대하여』 『간절하게 참 철없이』 『북향』 『능소화가 피면서 악기를 창가에 걸어둘 수 있게 되었다』 등이 있음.

오규원
1945~2007

경남 밀양에서 태어남. 동아대 법학과 졸업. 1965년 『현대문학』에 시가 추천되어 등단함. 시집 『분명한 사건』 『순례』 『왕자가 아닌 한 아이에게』 『이 땅에 씌어지는 서정시』 『가끔은 주목받는 생(生)이고 싶다』 『사랑의 감옥』 『길, 골목, 호텔 그리고 강물 소리』 『토마토는 붉다 아니 달콤하다』 『새와 나무와 새똥 그리고 돌멩이』 『두두』 등이 있고, 동시집 『나무 속의 자동차』를 펴냄.

오세영
1942~

전남 영광에서 태어남. 1965년 『현대문학』에 시가 추천되어 등단함. 시집 『반란하는 빛』 『가장 어두운 날 저녁에』 『모순의 흙』 『불타는 물』 『꽃들은 별을 우러르며 산다』 『적멸의 불빛』 『시간의 쪽배』 『북양항로』 등이 있음.

윤동주
1917~1945

북간도 명동에서 태어남. 연희전문학교 문과 졸업. 일본 도시샤(同志社) 대학 영문과 재학 중 항일운동을 했다는 혐의로 체포되어 후쿠오카 형무소에서 복역하다가 1945년 2월 옥사함. 해방 후 유고 시집 『하늘과 바람과 별과 시』(1948)가 간행됨.

윤선도
1587~1671

조선 중기의 시인, 정치가. 호는 고산(孤山). 남인의 중심인물로, 치열한 당쟁으로 인해 일생을 거의 유배지에서 보냄. 시조에 뛰어나 정철의 가사와 더불어 조선 시가의 쌍벽을 이룸. 시조 「어부사시사」「오우가」, 문집 『고산유고』 등을 남김.

이문구
1941~2003

충남 보령에서 태어남. 서라벌예술대 문예창작과 졸업. 1966년 『현대문학』에 단편소설이 추천되어 등단함. 소설집 『관촌수필』『우리 동네』『내 몸은 너무 오래 서 있거나 걸어 왔다』 등이 있고, 동시집 『개구쟁이 산복이』『산에는 산새 물에는 물새』가 있음.

이문자
1941~2003

부산교육대학교를 졸업하고 초등학교 교사로 일함. 1999년 「아동문학세상」을 통해 등단함. 지은 책으로 동시집 『개구쟁이 비』가 있음.

이옥용
1957~

서울에서 태어남. 2001년 새벗문학상에 동시가 당선되며 등단함. 지은 책으로 동시집 『고래와 래고』『알파고의 말』『나는 "나"표 멋쟁이!』, 청소년시집 『-+』가 있음.

이해인
1945~

강원 양구에서 태어남. 1964년 수녀원에 입회함. 지은 책으로 시집 『민들레의 영토』『내 혼에 불을 놓아』『외딴 마을에 빈집이고 싶다』『희망은 깨어 있네』 등이 있음.

장철문
1966~

전북 장수에서 태어남. 1994년 『창작과비평』 겨울호에 시를 발표하며 등단함. 지은 책으로 동화 『노루 삼촌』『나쁜 녀석』, 시집 『바람의 서쪽』『산벚나무의 저녁』『무릎 위의 자작나무』『비유의 바깥』, 동시집 『자꾸 건드리니까』 등이 있음.

정다연
1993~

2015년 『현대문학』 신인 추천을 통해 등단함. 지은 책으로 시집 『내가 내 심장을 느끼게 될지도 모르니까』『서로에게 기대서 끝까지』, 청소년시집 『햇볕에 말리면 가벼워진다』 등이 있음.

정현종
1939~

서울에서 태어남. 1964년 『현대문학』에 시가 추천되어 등단함. 시집 『사물의 꿈』『나는 별 아저씨』『떨어져도 튀는 공처럼』『사랑할 시간이 많지 않다』『갈증이며 샘물인』『한 꽃송이』『세상의 나무들』『광휘의 속삭임』『그림자에 불타다』 등이 있음.

조재도
1957~

충남 부여에서 태어남. 1985년 『민중교육』에 시를 발표하며 등단함. 지은 책으로 시집 『교사일기』『사십 세』『그 나라』『백제시편』『약자를 부탁해』, 청소년시집 『자물쇠가 철컥 열리는 순간』 등이 있음.

최대호

지은 책으로 『읽어보시집』『이 시 봐라』『너의 하루를 안아줄게』『솔직히 말하자면, 괜찮지 않아』『평범히 살고 싶어 열심히 살고 있다』『내 걱정은 내가 할게』『보이지 않는 곳에서 애쓰고 있는 너에게』『노력 없이 행복하고 걱정 없이 살아갈 것』 등이 있음.

허유미
1979~

제주에서 태어남. 2016년 『제주작가』 신인상으로 등단함. 청소년시집 『우리 어멍은 해녀』 등이 있음.

홍랑
생몰년 모름

조선 선조(재위 1567~1608) 때 함경도 홍원의 기생. 당대의 이름난 시인이었던 최경창이 1573년 북평사로 부임해 함경도 경성에 갔을 때 가까이 사귀었으며, 이듬해 봄에 최경창이 서울로 돌아가는 길에 함관령 고개까지 따라가 전송하고 그에게 시조를 지어 보냈다고 함.

작품 출처

공광규 「새싹」, 『소주병』, 실천문학사 2004.

권태응 「산 샘물」, 『감자꽃』, 창작과비평사 1995.

김광섭 「저녁에」, 『성북동 비둘기』, 범우사 1969.

김봉군 「돌담장의 안녕」, 『시조생활』 제126호, 2021.

김선우 「맨드라미」, 『댄스, 푸른푸른』, 창비교육 2018.

김선우 「한 송이 말의 힘」, 『댄스, 푸른푸른』, 창비교육 2018.

김소월 「엄마야 누나야」, 『진달래꽃』, 매문사 1925.

김영롱 「삼촌」, 전국국어교사모임 엮음 『국어시간에 시 읽기 1』, 휴머니스트 2020.

김용택 「콩, 너는 죽었다」, 『콩, 너는 죽었다』, 실천문학사 1998.

김유진 「나비잠」, 『뽀뽀의 힘』, 창비 2014.

김종상 「길」, 『김종상 동시선집』, 지식을만드는지식 2015.

김준현 「우리 둘이」, 『세상이 연해질 때까지 비가 왔으면 좋겠어』, 창비교육 2022.

나태주 「별밤에」, 『세상을 껴안다』, 지혜 2013.

나태주 「사랑에 답함」, 『사랑, 거짓말』, 푸른길 2013.

나태주 「풀꽃」, 『쪼금은 보랏빛으로 물들 때』, 시학 2005.

나희덕 「하늘의 별 따기」, 나희덕 외 지음·김이구 외 엮음 『의자를 신고 달리는』,
      창비교육 2015.

문정희 「겨울 사랑」, 『어린 사랑에게』, 미래사 1991.

문현식 「비밀번호」, 『팝콘 교실』, 창비 2015.

서장원 「봄비」, 『보아야 봄이다』, 도서출판작가 2024.

성명진 「빗길」, 『축구부에 들고 싶다』, 창비 2011.

성미정 「후후후」, 『엄마의 토끼』, 난다 2015.

심후섭 「봄비」, 김양순 엮음 『내 마음의 동시 6학년』, 계림북스 2022.

안도현 「연탄 한 장」, 『외롭고 높고 쓸쓸한』, 문학동네 1994.

오규원 「3월」, 『나무 속의 자동차』, 비룡소 1995; 문학과지성사 2008.

오세영	「유성」, 『적멸의 불빛』, 문학사상사 2001.
윤동주	「나무」, 홍장학 엮음 『정본 윤동주 전집』, 문학과지성사 2004.
윤동주	「반딧불」, 홍장학 엮음 『정본 윤동주 전집』, 문학과지성사 2004.
윤동주	「새로운 길」, 홍장학 엮음 『정본 윤동주 전집』, 문학과지성사 2004.
윤선도	「오우가」, 성낙은 엮음 『고시조 산책』, 국학자료원 1996.
이문구	「송사리」, 『산에는 산새 물에는 물새』, 창비 2003.
이문자	「석류 이야기」, 『개구쟁이 비』, 마이템 2022.
이옥용	「넌 어느 쪽이니?」, 『-+』, 도토리숲 2022.
이해인	「나를 키우는 말」, 『외딴 마을의 빈집이고 싶다』, 열림원 1999; 『서로 사랑하면 언제라도 봄』, 열림원 2015.
이해인	「상처의 교훈」, 『희망은 깨어 있네』, 마음산책 2010.
장철문	「거꾸로 말했다」, 『동시마중』 제45호, 2017.
정다연	「착한 사람」, 『햇볕에 말리면 가벼워진다』, 창비교육 2024.
정현종	「들판이 적막하다」, 『한 꽃송이』, 문학과지성사 1992.
정현종	「비스듬히」, 『견딜 수 없네』, 시와시학사 2003; 문학과지성사 2013.
조재도	「자물쇠가 철컥 열리는 순간」, 『자물쇠가 철컥 열리는 순간』, 창비교육 2015.
조재도	「큰 나무」, 『자물쇠가 철컥 열리는 순간』, 창비교육 2015.
최대호	「살 만한 것」, 『읽어보시집』, 넥서스 2020.
허유미	「눈물 한 방울」, 『우리 어멍은 해녀』, 창비교육 2020.
홍랑	「묏버들 가려 꺾어」, 고미숙·임형택 엮음 『한국고전시가선』, 창작과비평사 1997.

수록 교과서 보기

지은이	작품명	수록 교과서
공광규	새싹	비상(박현숙) 1-1
권태응	산 샘물	천재(정호웅) 1-1
김광섭	저녁에	천재(노미숙) 1-2
김봉군	돌담장의 안녕	해냄에듀(강양희) 1-1
김선우	맨드라미	해냄에듀(강양희) 1-1
김선우	한 송이 말의 힘	미래엔(신유식) 1-2
김소월	엄마야 누나야	해냄에듀(강양희) 1-1
김영롱	삼촌	해냄에듀(강양희) 1-1
김용택	콩, 너는 죽었다	창비교육(이도영) 1-2
김유진	나비잠	미래엔(신유식) 1-2
김종상	길	미래엔(신유식) 1-1
김준현	우리 둘이	지학사(서혁) 1-1
나태주	별밤에	창비교육(이도영) 1-1
나태주	사랑에 답함	미래엔(신유식) 1-1
나태주	풀꽃	지학사(서혁) 1-1, 해냄에듀(강양희) 1-2
나희덕	하늘의 별 따기	천재(노미숙) 1-1
문정희	겨울 사랑	비상(박영민) 1-2
문현식	비밀번호	동아(남궁민) 1-1
서장원	봄비	미래엔(신유식) 1-1
성명진	빗길	미래엔(신유식) 1-1
성미정	후후후	미래엔(민병곤) 1-1
심후섭	봄비	지학사(서혁) 1-1
안도현	연탄 한 장	해냄에듀(강양희) 1-1

지은이	작품명	수록 교과서
오규원	3월	동아(남궁민) 1-1, 비상(박현숙) 1-1, 천재(노미숙) 1-1, 천재(정호웅) 1-1
오세영	유성	지학사(서혁) 1-1
윤동주	나무	미래엔(민병곤) 1-1
윤동주	반딧불	미래엔(민병곤) 1-1
윤동주	새로운 길	동아(남궁민) 1-1, 비상(박영민) 1-1
윤선도	오우가	지학사(서혁) 1-1, 천재(노미숙) 1-1, 천재(정호웅) 1-1, 해냄에듀(강양희) 1-1
이문구	송사리	천재(정호웅) 1-2
이문자	석류 이야기	미래엔(민병곤) 1-1
이옥용	넌 어느 쪽이니?	미래엔(신유식) 1-2
이해인	나를 키우는 말	미래엔(신유식) 1-2
이해인	상처의 교훈	미래엔(민병곤) 1-1
장철문	거꾸로 말했다	동아(남궁민) 1-1
정다연	착한 사람	교과서 밖의 시
정현종	들판이 적막하다	비상(박영민) 1-2
정현종	비스듬히	비상(박현숙) 1-2
조재도	자물쇠가 철컥 열리는 순간	지학사(서혁) 1-2
조재도	큰 나무	천재(정호웅) 1-1
최대호	살 만한 것	미래엔(신유식) 1-1
허유미	눈물 한 방울	교과서 밖의 시
홍랑	묏버들 가려 꺾어	비상(박현숙) 1-1